LOCUS

LOCUS

LOCUS

LOCUS

to
fiction

to 096

今天，我們還活著

Today we live

作者：艾瑪紐埃・皮侯特（Emmanuelle Pirotte）

譯者：胡萬鑑

責任編輯：張雅涵 封面設計：林育鋒

內頁排版：許慈力 校對：呂佳真

出版者：大塊文化出版股份有限公司

台北市10550南京東路四段25號11樓

www.locuspublishing.com

讀者服務專線：0800-006689

TEL：(02)87123898 FAX：(02)87123897

郵撥帳號：18955675 戶名：大塊文化出版股份有限公司

法律顧問：董安丹律師、顧慕堯律師

總經銷：大和書報圖書股份有限公司

地址：新北市新莊區五工五路2號

TEL：(02) 89902588 FAX：(02) 22901658

初版一刷：2017年5月

定價：新台幣260元

Printed in Taiwan

Today we live

今天，我們還活著

艾瑪紐埃・皮侯特（Emmanuelle Pirotte）　著
胡萬鑑　譯

第一章

麵包片還擱在那父親嘴邊。大家都定住了，愣愣看著自己的熱咖啡騰騰冒煙。街上傳來一陣婦人的哭喊。哭聲，尖叫聲，馬匹嘶鳴。父親起身開窗，狹小的廚房立即凍結成冰。他隔窗叫住一名男子，兩人一問一答，街上一片喧嘩嘈雜蓋過他們的對話。母親跟兩個兒子，馬賽爾和亨利，沉默不語，靜靜看著荷妮。荷妮自己倒是快速再咬了兩口奶油麵包，畢竟她餓了。父親關上窗，看上去彷彿老了十歲。

「他們回來了。」他以低沉的嗓音說道。

母親在胸口畫了個十字。

「該幫荷妮準備些什麼。」父親接著說。

「不！」母親嗚咽了一聲。

母親無法再看著荷妮，亨利也撇過頭去，馬賽爾的視線則還停在荷妮身上。父親仍站在窗邊，全身緊繃，臉色因為恐懼變得很難看。他盯著他太太看。

「你知道他們為什麼把巴提斯給槍斃嗎？因為他在地窖裡放了幾面英國國旗。要是放了一個猶太人的話……」

母親示意要他閉嘴。一個猶太人。剛才有人說了這幾個字嗎？母親一直弄不清楚身為猶太人到底是怎麼回事。當猶太人很危險，她只知道這樣。荷妮在他們家待了快五個月，她應該有六、七歲，沒人知道她究竟幾歲。荷妮有雙只有在波希米亞人身上才看得到的黑色眼睛，讓人覺得她有些怕生、容易受驚，又有點高傲、難以親近。她那雙眼睛時時緊盯著你，像要把人吞進眼裡。當然，那也是雙聰明伶俐的眼睛。那雙眼裡有著急切的渴望，隨時保持警戒，對一切感到好奇，彷彿對什麼都了然於心……他們一家有點怕荷妮，只有弟弟馬賽爾不怕，他成天和荷妮在田野上奔跑。九月的時候，大家歡慶重獲自由，沒人來接她。現在惡夢即將再度上演。神啊，這怎麼可能……還偏偏是在冬天。父親開始焦躁不安。

「那些德國鬼子要來了，半個小時內就會到這裡。皮耶森他們家一直知道這事。他們絕不會放過這個機會，一定會趁機告發我們。」

母親知道他說的沒錯。在彌撒時，凱瑟琳‧皮耶森的嫌惡眼神，早已說明一切。

「來，荷妮過來。」父親低聲說道。

那孩子從餐桌起身，走到男人身邊乖乖站好。母親感覺心臟在胸口蹦跳。這時眼見自己要與荷妮分開，她怎麼就忽然慌了起來？她從未覺得自己真心喜歡這孩子。她看著荷妮套上大衣，一雙圓滾滾的小手在排釦裡忙上忙下，父親匆匆給她戴上毛球帽。這孩子很鎮靜，總是那麼的鎮靜，卻又時時繃緊神經，像張蓄勢待發的弓，預備好要準確做出當下該有的行動和反應。母親見到這樣的荷妮就心煩，但今天是例外。她突然站起身離開餐桌，消失在走廊裡頭，只聽見她使勁吸氣飛快地爬上樓梯。

「來，你們兩個，快來抱抱她。」父親說。

兩兄弟從餐桌起身走向荷妮，哥哥亨利的臉匆匆擦過小女孩的臉頰，快要十一歲的弟弟馬賽爾則是緊緊抱著她好久好久。最後荷妮輕輕推開他。馬賽爾哭了。荷妮的目光深深潛進他眼眶，親親他臉頰，轉身把手滑進父親的手裡。母親走進廚房，一手拎著一個小行李箱，一手拿著非常破舊的布偶；她把布偶交給了荷妮，親了親她的額頭。父親抓過行李，推開門，就這樣帶著荷妮走進酷寒之中，走進尖叫聲裡，走進了驚惶與危險。大門啪地一聲關上，留下雙眼無神的母親久久望著前方，她雙手微舉，稍稍攤開，懸在那，像個乞丐。她轉身面向兩個兒子，逕自呢喃：

「她沒戴手套。」

父親見鬼般地拔腿狂奔，他使勁抓緊荷妮的小手，荷妮簡直飛在他身旁，任憑凜冽的寒風抽打臉頰。冰天雪地裡，混亂主宰著他們周遭的一切。有個瞬間，荷妮與一位老婦人四目交會。那老婦人坐在兩輪推車上逕自哀嘆，她夾在床墊與一疊空盆的正中央，懷裡還有個仍在襁褓中的嬰兒正在啼哭。再過去一點，有對男女惡言相向，兩人扯著一塊印有提花紋路的床罩，互不相讓。還有位母親，口中哭喊著一個名字，驚惶失措地四處張望；其餘的家人都在貨車上等著離開這個村莊。一雙雙腿憂愁地四處擺盪，來回擦撞荷妮；在這紛亂之中，唯有荷妮異常鎮靜。人們大都步行離家，他們的家當與老小，不是背在身上，就是放在推車裡。

父親與荷妮抵達廣場。他們衝上神父家門前的臺階，父親搖響門鈴，大門幾乎應聲開啟，神父高大的身影出現在門後。他招呼兩人進客廳，壁爐裡的火光打在他們身上，將他們化作牆板上的移動黑影。廳內的牆面覆滿片片木製細板，上頭的封蠟透著好聞的香氣。父親提出了請求。

「她在這裡並不安全。」神父說。

「怎麼會不安全。」父親嘀咕著。

此時此刻，荷妮在哪都好，就是不要在他家裡！早在五個月前，答應收容荷妮的時候，他就知道自己和家人是冒著怎樣的風險。不過，那時候大家都認為戰爭就快結束，那時已經有好幾個月沒看到德國人在附近出沒。現在，那些德國混蛋就近在門前，誰曉得他們腦袋裝了些什麼？誰知道他們經歷過上次的潰敗之後，會不會比先前還要野蠻、還要瘋狂殘暴？而且，人數還可能比之前更多。一群又一群身著銅綠軍裝的德國人，像被逐出地獄的亡靈，從死灰中返生復活。他數次夢見他那兩個兒子全身彈孔淌著血，跟藥房老闆的兒子一樣，死在教會的禮拜廳後面。父親憂愁的面容開始扭曲。他依舊牽著荷妮的手，心裡再度感到焦躁不安。

「沒事了，雅克。」神父說。

父親幾乎要拜倒在地，他滿足地在嘴邊咧出一個癡笑。神父真心憐憫他，可憐這樣一個好人忽然就變成了懦夫。他走近父親，大手一擺放上他的肩膀。那男人聲音沙啞地向神父道了聲謝，於是鬆開行李和荷妮的手。他壓低身子，雙手搭上荷妮的肩膀，看著眼前這位小女孩，他覺得自己真可恥。這孩子沒有流露出半點他能理解的情緒：沒有責備、沒有憤怒、沒有悲傷，也沒有恐懼，更沒有屈從，只有一種強而有力卻又無法明確辨識出的感受。這種從荷妮身上散發出的寬厚，讓父親羞愧得無地自容，同時也使他深受感動，他親吻過荷妮的額頭，便像個小偷似地逃開。

「你喜歡蛋煎麵包[1]嗎？」神父問道。

「我粉喜歡。」荷妮回答。

她說的是「粉」不是「很」，神父注意到了。小女孩歡心期待，全身散發著愉悅的光芒——先將糖、牛奶與蛋汁攪拌均勻，再把麵包片浸在裡面，之後用奶油煎到金黃熟透——好想趕快吃到這美味可口的蛋煎麵包。神父帶著荷妮進廚房，著手準備食材。荷妮說要幫忙打蛋。這孩子一副恬靜、專注的模樣，彷彿她是在一個日暖時祥的

1 譯註：蛋煎麵包（le pain perdu），即台灣俗稱的「法式吐司」，不過原來歐洲的料理方式是將吃剩的麵包片浸泡蛋液後煎成。

日子登門造訪。神父才開始攪拌蛋汁，就突然停止動作，豎耳仔細聆聽。是引擎聲。他放下手中的打蛋器，走向客廳的窗戶。一輛德國吉普車旋風似地竄上廣場，四周布滿持槍警戒的士兵。一位軍官從吉普車走了出來，神父立刻辨識出他軍帽上那兩道燙金閃電。地獄的記號。士兵將居民趕到屋外，要他們雙手抱頭，在房舍外牆前排成一列。黨衛軍軍官在這些驚恐的平民面前緩步行走。神父一轉身，荷妮已在他身後，窗外發生的一切，她絲毫都沒錯過。神父一手抓起還立在客廳中央的行李，荷妮感覺到又有隻男人的大手一把握住她的手。他們從廚房的側門離開屋子。沒吃到蛋煎麵包，真是可惜。

菜園裡的小徑覆滿白雪，神父踩著粗製皮靴，在雪上留下又深又寬的足跡。他們離開了菜園，來到田野邊。神父盡全力快跑，荷妮則吃力地跟上腳步，她小小的雙腿在雪中越陷越深。荷妮跌了一跤，神父將她扶起，繼續這趟奔途。馬路與周圍的農田失了邊界，眼前盡是白茫一片。天空陰鬱了好幾天，滿滿是雪，消融在景色中。荷妮再也跑不動了，她氣喘吁吁，上氣不接下氣。神父一把將她抱進懷裡。遠方有東西動了起來——是一輛車。神父緊緊抱住荷妮，跳進壕溝。他們屏住氣息，在溝裡等著。引擎聲越來越近；神父攀上溝緣。他在胸前畫十字，回頭對荷妮笑了笑：是美國的吉普車，這孩子有救了。神父走上馬路，開始揮舞雙臂。吉普車全速抵達，煞車時還滑移了一段，差點把神父撞倒。坐在吉普車上的，是兩名軍人。

「You take girl !」[2]神父用文法怪異的英語大聲喊著。

兩名軍人面面相覷，滿臉疑惑。

「Are you crazy ?!」[3]駕駛座上的軍人回道。

「She，猶太人！納粹，村子！She，毀了！」

神父邊說邊把荷妮從壕溝裡抱了起來，直接將她安置在吉普車的後座上，副駕駛座上的軍人回頭往後座看了一眼，正好對上荷妮的視線。吉普車全速啟動，荷妮的行李還躺在馬路中央。

荷妮在後座隨車子左擺右晃。她正拿出口袋裡的布偶，前座的駕駛對他身旁的同伴說：

「Und jetzt, was machen wir?」[4]

是德文。那不是別的語言，那就是德文。她能準確辨認出德文，因為她該躲避的那些人，說的就是那種語言。儘管荷妮只聽過兩次德文，但她絕不會將它錯認為其他語言。德文帶刺，會像蕁麻般螫人，而德文的色澤與質地則像冰磚，但又……字詞的背後又藏有澄澈透明的光亮，聽在荷妮耳裡，有種既灼熱又熟悉的感覺，一種她自己

2 譯註：「你帶女孩！」

3 譯註：「你瘋了嗎!?」

4 譯註：「我們現在該怎麼辦？」

也不明白的複雜感受。

荷妮猛然覺得全身發寒，她緊緊抓住眼前的座位，牙齒開始格格作響。喬裝成美軍的士兵還在前座交談，吉普車駛進一條林間小路。荷妮感到焦躁不安，幸好他們還無法察覺到——還沒有。事情一定要有個了結。必須如此。就是現在。煞車戛然響起，吉普車打滑一陣之後停了下來。駕駛兵走下車，毫不客氣地把荷妮抬離後座，將她放在一條隱沒入林的小徑上。他從口袋掏出一把手槍，用槍托頂頂荷妮，強迫小女孩走在他前面；另一個士兵則走在他們後頭。

林中只有他們踩在冰雪上的嘎吱聲響。凜冽的寒風搖動樹林，挺拔的松樹林冠緩緩清掃天空。荷妮繼續向前直直地走，她覺得異常口渴。她感覺到那德國人的高大身軀就走在她背後，手槍也無疑是瞄準著她。在逃過那麼多次之後，真的就要死在這片樹林了嗎？死亡究竟是什麼呢？荷妮知道死亡意味著結束，是不可改變的，她也知道死亡的徵兆有哪些，尤其是當死亡靠近的時候，她有能力感知，也有死裡逃生的天賦……但是這一次，終究是失敗了。荷妮心想，這場遊戲玩了好久好久，搞不好打從自己還是個寶寶的時候就開始玩了，最終還是輸了。身後那兩個高大的傢伙，乾脆就不要理了。荷妮真的好渴，她斷然停下腳步，低身傾向地面。士兵舉起手槍。荷妮仍舊繼續動作：她拾起一把雪，貪婪地把雪湊近唇邊。她咬下一口冰晶，在嘴裡融化成水，滑入喉嚨。真好喝。荷妮繼續向前走。

這孩子的動作，讓走在隊伍最後的德國人看得目瞪口呆。他已經很久沒遇到這些要被處死的人了，不論是老人小孩，還是壯年成人，都一樣，全都是沒有面容的影子，註定要消失不見。然而，這個小女孩不一樣，他確確實實地目睹了她的存在：她吃了雪。她就要死了，自己也知道死期到了，竟然還吃雪止渴。他注意到她的動作確實、迅速，毫無半點遲疑，近乎自然，宛如動物般靈巧流暢。他感覺體內有某種東西攪動了起來，在他胸腹之間，像是微小的顫動，又彷彿是種既輕柔又暴烈的推擠。這感覺好熟悉，彷彿他還在那片廣大的樹林裡，還置身於那時的日子裡。

那名持槍瞄準荷妮的士兵大叫一聲：「別動！」嚇得一隻烏鴉驚惶呱叫。

荷妮僵住不動，一直抓在左手裡的布偶也因鬆手跌落。她的心臟怦怦直跳。為什麼他要這樣大喊？士兵再次舉槍上膛，瞄準這孩子的頭。荷妮看著自己呼出的氣息凝結在冷冰冰的空氣中，一想到腳邊那倒在雪地裡的布偶就想哭。可憐的普洛！馬上就要變成孤兒，獨自被丟在寒冬裡。

德國士兵無法扣下扳機，他挪動腳步，退出小徑，站在離小女孩四、五公尺的地方，緊緊瞄準她的太陽穴。另一個站在小徑後頭的士兵，看見他的手臂在顫抖。

「讓我來。」他煩躁地說。

他掏出手槍，對準小女孩。她什麼都不是，只是一個沒有容貌、註定要消失的背影。子彈上膛。

荷妮心想，這個士兵現在究竟在想些什麼？這個持槍要殺她的士兵，不是原來那個，是另一個——那個走在後頭的士兵，那個曾在車上與她四目交會、有著低沉嗓音的士兵。她想要再見他一面，想要他再見她一面。荷妮便在原地緩緩轉身，她的視線接上他的目光——那是一雙澄澈又冷酷的眼睛。突然，他眼裡閃過一絲詭譎的光亮，瞳孔放大。德國人開了槍。荷妮一驚，閉上眼睛，等她張開雙眼，只見另一個士兵滿臉驚愕地倒在雪裡。荷妮花了一些時間才明白自己沒有中彈。她看著被擊倒在地的男子，再回頭看向開槍的那個人——他似乎跟她一樣訝異。他撐著手上的槍，盯著荷妮看，她全身沾滿了倒地士兵的血。

槍聲還在冰冷的空氣中回響。德國士兵似乎無法擺脫這孩子的目光。最後，他轉過頭望向別處，收起槍，轉身往吉普車的方向走去。荷妮撿起腳邊的普洛，跑著追上德國士兵。兩人回到車邊。士兵跨過車門，啟動引擎；荷妮即時跳上前座。吉普車在一團飛雪中疾馳而去。

現在該怎麼辦？要去哪？而且還要帶著這個自己轉身追來的女孩。她知不知道自己正跟著要殺她的人跑？這種難受的情節，只會發生在電影裡，現實中沒有人會這樣做，更別說是猶太人了。而且在這之前，她還在那邊吃雪！他看了她一眼，她視線直直看向前方，挺著下巴，雙眼因冷風而瞇了起來。濺在她臉上的血跡已乾，鬈曲的黑髮隨風四處飛舞，看來像個年幼的蛇髮魔女。該死的小鬼。至於那個一臉茫然倒在林中、八成還死不瞑目的傢伙，叫作弗朗茨嗎？不對，是漢斯。一個十足的蠢貨。誰還相信德國的勝利在即，以為帝國能夠長存千年，全心仰望那嶄新的黃金年代到來，誰還會相信這些空話。他殺的是漢斯，而不是那個小女孩。他無法理解為什麼會是這樣。扣下扳機之前，他的手臂稍稍偏了一點，然後子彈就卡在漢斯的雙眼之間。

他們兩天前才離開基地，那是十二月十六號的早上。他們先是炸毀了一座橋梁，上頭有幾個美國佬。那些美國佬並不在計畫中，不過他們既然都走上橋了……他就只能殺了他們，而且為了節省彈藥，還用刀給傷者補上致命的一擊。整個過程，漢斯就是嚇得呆在旁邊看。接著，他們去翻亂路標，還遇到迷路的同盟國軍隊，他們原要去另一處窮鄉僻壤，卻被路標騙到這個偏僻小村。當時也是他跟那票美國佬交涉的。漢斯不只是英文帶有巴伐利亞腔調，就連萊斯特・楊[5]是誰也都完全不知道。那些美國人心懷警戒，問了不少問題；他們聽說有敵軍在進行滲透。那個暗中進行破壞的滲透計畫，是希特勒所構想，由奧托・斯科爾茲內[6]執行，它還有個浮誇的名字，叫作格里芬行動[7]。希特

5 譯註：萊斯特・楊（Lester Young，一九〇九—一九五九），非裔美國樂手，爵士樂界傳奇人物。萊斯特・楊曾在一九四四年受美軍徵召入伍，但未像白人樂手一樣被編入樂隊；美軍將他編到一般部隊，且禁止他演奏薩克斯風。

6 譯註：奧托・斯科爾茲內（Otto Skorzeny，一九〇八—一九七五），德國納粹特種部隊指揮官，二戰期間曾指揮數場著名的軍事行動，亦被稱為「歐洲第一惡漢」。

7 譯註：格里芬行動（Unternehmen Greif），二戰末期德軍對美軍發動的滲透任務。「格里芬」是一種希臘神話傳說中的生物，有著獅子的身體、鷹的頭和翅膀；故此行動又有譯為「獅鷲行動」。

勒希望掌握馬士河上的橋梁，拿下安特衛普，以掠取同盟國軍隊最重要的軍需品庫。這無疑是個自殺式行動，只有漢斯這種蠢貨，才相信會成功。

德國士兵忽然覺得精疲力竭；他隨意開進一條小路，鑽進森林。他心想自己已經開得夠遠，快到這輛車的極限。他現在只想，睡。其他的事，之後再想。小路盡頭的附近，有個河道，男人與小女孩下了車，沿著結凍的小溪行走。他走得很快，小女孩一邊碎步疾走跟在他身邊，一邊閃避著地上因連日嚴寒而變得又硬又滑的雪堆。這女孩堅強又充滿活力。她時不時看著他，這讓他很不自在。大山毛櫸樹的後方有座小木屋，看起來沒人佔據。德國士兵走近木屋，動作極度靈巧，沒有發出任何聲響。他掏出槍，在門口等了一會，豎耳聆聽；荷妮緊貼在他身邊，盡可能地悄無聲息。突然，他一腳踹開門，跳過門檻，持槍環掃門內。沒人。他打手勢要荷妮進入屋內。

屋內僅有一室，有個大壁爐開在屋內唯一的石牆上，地上擺著一些廚具與一張舊床墊，顯露出有人居住過的痕跡。德國人拿起從屋外四周撿來的木柴，開始生火；儘管雙手已被凍得麻痺無感，荷妮還是盡力幫忙。火一點燃，他重重倒進床墊，手槍握在手裡，隨即入睡。

荷妮坐在地上，背抵著牆。她看著他睡。她不會離開。她不會亂動。她會守著他。她聽著外頭的聲響，萬一有危險，她會警告他。遠方傳來陣陣槍響。她吹了吹自己的雙手，用氣息取暖。德國人的呼吸開始加深，他緊握槍托的手鬆了開來，雙膝微彎縮向胸膛。他的面容放鬆，看起來睡得很沉。荷妮還是覺得渴。但是這次，她不會採取任何行動。她要等待，要等他醒來，要等他找到水來。

她沒想過這個德國人為什麼沒有殺了她。當她轉過身，就知道他不會對她開槍。該死的人不是她，而是那個害怕的人、那個支撐不住的德國人。事情的發展本該如此。她仔細檢視屋內——蜘蛛網布滿三面木牆，小窗很髒，火光在壁爐中跳動。

德國人稍稍換了姿勢，他的右肩微微後縮，露出脖子，上頭的血管在跳動。他手放在胸口，隨呼吸的節奏升降起伏。他躺在那裡，一副脆弱的模樣。然而，荷妮確信，只要有一丁點聲響，他就會猛然跳起，準備保護她，準備再次殺人，準備讓白雪濺上鮮血。

第二章

他拿出外套口袋裡的金屬水壺，打開瓶蓋，喝了好長一口後遞給小女孩。她把壺裡的水喝個精光，幾乎可說是喝得如癡如狂。他接著拿出一包口糧餅乾，自己取了一塊，便將整包伸向荷妮，她抓了兩塊餅乾，一手一塊。

「慢慢來。」他說。

他的聲音很特別，低沉得像是還在遠方的雷聲，既熱切又危險。

「你也會說法文啊？」她問。

他沒有回答，只是看著她，目光閃過一絲嘲諷。他肯定睡了好一段時間：夜色已深，遠方的槍響早已停歇。剛睡醒的時候，他心想小傢伙搞不好已經走了；至少，他是這樣盼望著。沒想到，小女孩一雙黝黑的眼睛好奇地盯著他看，手裡緊摟著她那又髒又舊的布偶；布偶歪著頭，一副笨拙的模樣。她有充裕的時間，大可以趁他熟睡的時候，用木柴甚至是撥火鉗，把他打成重傷。毫無疑問的，她也有這樣做的膽識。這未嘗不是件好事，這樣做事情就會簡單許多——對他們兩人來說都是。但是，女孩沒有這麼做，她只是維持著他入睡前所見的姿勢：雙腳盤腿而坐，布偶坐在她左大腿上。他記不起自己有多少年沒這樣好好睡過一覺，仔細想想，打從戰爭開始就沒睡好過。早在幾個小時前，剛抵達小屋的時候，天就黑得什麼都看不清楚。現在他該拿她怎麼辦？又該拿自己怎麼辦？他又給了小女孩一塊餅乾。

「你叫什麼名字？」她問。

天啊，她竟然纏著他一問再問！他不想聽她叫著自己的名字，不想聽她整天馬提亞斯、馬提亞斯地叫：「馬提亞斯，我餓了」、「馬提亞斯，我好冷」、「馬提亞斯，我要尿尿」，還有其他那一大堆小孩子會反反覆覆發的牢騷。就在這時他才意識到，她到目前為止什麼也沒有要過，一路上半句抱怨都沒有，打從那時在森林裡他……打從他斃了漢斯。這可是會被砍頭的，尤其是他還放了一個猶太人。這兩種罪行，實在很難說哪個比較嚴重。

儘管獵殺猶太人不再是阿登攻勢[8]的首要目標，也不屬於他參加格里芬行動的任務範圍；但是把猶太人趕盡殺絕的念頭，仍舊縈繞在元首希特勒的腦際。東向的鐵路已經斷絕，再也無法輕輕鬆鬆將猶太人塞進車廂，送他們搭火車到奧許維茲繞繞就好；

8 譯註：阿登攻勢（法文：Bataille des Ardennes；德文：Ardennenoffensive）。阿登為跨越比利時、盧森堡、法國的林區，在比利時的佔地最廣，主要分布在瓦隆大區（Région wallonne）。德國在二戰末期對比利時的阿登地區發動攻擊，即為阿登攻勢。

要解決猶太人，只好弄髒自己的手，也就是他們一開始、在發明毒氣室之前用的方法。馬提亞斯從來就不喜歡這項差事。他當然是性好殺戮，但要他獵殺手無寸鐵又孱弱絕望的貧苦百姓，他真的一點興趣都沒有。

國家高層口中的「猶太人問題的最終解決方案」，與馬提亞斯沒什麼太大關聯。馬提亞斯在一九三九年進入傳說中的布蘭登堡部隊[9]——德國最頂尖的特種部隊。一九四三年他被斯科爾茲內給挖角。奧托・斯科爾茲內綽號疤面煞星，因為他臉頰上有道顯眼的疤，是一場擊劍決鬥留下的。馬提亞斯隨後加入當時剛由疤面煞星創建的納粹特種部隊——和平谷部隊[10]，裡頭全是納粹軍最優秀的超級英雄。這些通曉多種語言的驍勇特務，活像從看太多美國漫畫的十二歲壞男孩的幻想中走出來，不論是綁架匈牙利「王子」[11]，還是乘坐滑翔機解救墨索里尼[12]，馬提亞斯都樂在其中。在進行諜報與滲透任務的期間，他從來就沒有時間操心集中營裡發生的事情。

不過他知道，在這戰功顯赫的菁英部隊裡，自己所參與的每場戰役都間接使一些猶太人、吉普賽人還有同性戀者化為灰燼。比起那些守在毒氣室外的坡道、將衣衫襤褸的猶太婦孺趕進死路的士兵，他的戰爭並沒有比較高尚乾淨。馬提亞斯是這座殺戮機器的一環、嗜血狂魔的一員，但這並不會讓他夜不成眠。他選擇了自己在體系裡能擁有的最好機會，也知道自己踩進怎樣的渾水。沒人強迫他參加這場舞會，他不請自來。

近幾個月來，這場死亡盛宴變得可悲。輸了戰役，大夥還要佯裝自己獲勝。格里芬行動更是滑稽荒謬：幾個乳臭未乾的可憐傢伙用英文大喊大叫，活像是施瓦本[13]鄉下的農婦，他們扮起山姆大叔的兒子，可信度就跟戈培爾[14]扮演踢踏舞者一樣。他們喬裝的衣著更是慘不忍睹——各種馬虎與謬誤，像是窮人家為小孩的校慶所拼湊出的服裝。不過，馬提亞斯最終還是與疤面煞星手下三、四位小隊菁英接下了這項行動。比起到哥本哈根轟炸輕軌電車上的乘客，裝扮成在森林中迷路的美國佬總是好上一些。

9 譯註：布蘭登堡部隊（Kommandos der Brandenburger），德國於二戰期間創建之特種部隊，成員多精通數種外語，且具有旅居國外之經驗，能進入敵方區域，執行滲透與情搜的諜報活動。

10 譯註：和平谷部隊（SS-Sonderverband z.b.V. Friedenthal），該特種部隊的基地位於柏林以北約三十五公里處的和平谷城堡（Schloß Friedenthal），故稱為和平谷部隊。

11 譯註：一九四四年十月，斯科爾茲內指揮部隊綁架匈牙利當權軍人霍爾帝・米克羅什（Horthy Miklós，一八六八—一九五七）之子小霍爾帝・米克羅什（Horthy Miklós Jr.，一九〇七—一九九三）。此處指的是該事件。

12 譯註：指的是一九四三年九月橡樹行動（Unternehmen Eiche）。斯科爾茲內麾下的特種部隊與哈拉德・莫爾斯少校（Harald Mors，一九一〇—二〇〇一）帶領的空降獵兵（Fallschirmjäger），搭乘滑翔機空降義大利大薩索（Gran Sasso）山區，營救被囚禁的墨索里尼。

13 譯註：施瓦本（Schwaben），其名稱源自於中世紀的施瓦本公國，為德國歷史上一個文化、語言和地理區域，其所涵蓋之區域相當於現今德國西南部的巴登—符騰堡州（Baden-Württemberg）東南部和巴伐利亞州西南部，該區域流通之方言稱為「施瓦本語」，為「高地德語」（Hochdeutsche Sprachen）的分支之一，故亦稱為「施瓦本德語」（Schwäbisch）。

14 譯註：約瑟夫・戈培爾（Joseph Goebbels），納粹德國時期的國民教育與宣傳部部長，因幼時患有小兒麻痺，導致雙腳長短不一。

奧托・施維德[15]——疤面煞星的忠誠追隨者、打從最初就加入的狂熱分子——現在就在哥本哈根。對於光榮任務的定義，施維德的看法總與馬提亞斯不同；至少，他們執行那些光榮任務後的處境就不太一樣。馬提亞斯竟然因為任務落腳在深林裡的一間簡陋小屋，而且還帶著一個猶太小鬼頭！一九三九年回到德國的時候，他預想過許多可能發生的事，但是從沒想到現在這個狀況。小女孩將餅乾屑湊上布偶那用鈕釦做成的嘴，緩緩對它說：

「你還餓啊？嗯，全都吃光了，已經沒有了……」

她竟然這樣教訓他——利用這種小花招，拿那個愚蠢的破布娃娃，跟他說她還吃不夠！馬提亞斯覺得厭煩，起身離開小屋。他打開門時，荷妮全身都緊繃起來。她想追著他出去、想跟在他身邊寸步不離，但又知道他想要自己一個人靜一靜。她站起身子，隔著玻璃看著他的身影越離越遠。她擦了擦門上的玻璃，好更清楚地辨認出他的模樣：他點了根香菸。打火機的火光閃亮了他的臉龐。月光下，他魁梧有力的剪影清晰可見，步伐靈活、敏捷。這座包圍著他們、見證他們締約同盟的森林，彷彿是他的歸屬。他在裡頭從容自在、毫無拘束。荷妮再擦了擦門上的玻璃；他還在原地，身子倚在樹上，全身發散著如夢似幻的光暈。

隔天，馬提亞斯帶著荷妮去設置狩獵用的套繩陷阱。他不能將她獨自留在小屋裡，但得時時和這小孩纏在一起，實在讓他心煩。他們往森林深處前進，一路尋找動物的蹤跡。除了撞見半聾半盲的老野兔，馬提亞斯沒抱太大的指望。已經有好幾年沒有打獵，自己的手腳肯定有些生疏。不知怎麼地，小女孩跟在身邊，他竟不覺得礙事。事實上，那孩子一路小心翼翼，細心地不讓腳步踩出雜音，謹慎地不出聲息，認真地、全神貫注地盯著他做事，好像要記下他的一舉一動。馬提亞斯設下一個陷阱，那是他用自己的一條鞋帶與棍棒做成的。接著他們在蕨葉叢後面躲了好久好久。大自然在他們身旁颯颯作響。槍響奇蹟似地停了。小女孩很有耐心。儘管躲在不舒服的地方、天氣又冷得把雙手凍壞，她似乎還是能在等待中尋得樂趣。終於，有隻野兔冒了出來。他倆看著牠在陷阱周圍打轉，沒多久便自行上鉤。野兔掙扎著，漸漸被鞋帶纏緊，慢慢被自己的求生意志勒住；小傢伙看著這過程，沒有任何煩躁與不安。

馬提亞斯拿出一把形狀奇特的大刀，一刀了結野兔的痛苦，再一個動作，就當場把它切成好幾塊。荷妮看著他的大手剝下野兔的毛皮，翻顯出赤裸的血肉，色澤粉紅，又極度光亮。這德國人的手法十分熟練，好像他一輩子都在宰野兔，而不是殺人。當然，不論是屠宰牲畜，還是捕殺人類，他都經驗豐富。野兔宰切完畢，德國人

---

15 譯註：奧托・施維德（Otto Schwerdt，一九一四—一九七五），二戰期間率領納粹特種部隊成員，在納粹當時所佔領的丹麥，對其境內的丹麥反抗運動（the Danish resistance movement）進行滲透與反破壞。施維德以彼得・薛弗（Peter Schäfer）之名執行任務，故其所率領的隊員亦被稱為「彼得幫」（the Peter group）。

便將毛皮遞向她，她一雙凍僵的手，順勢套進仍舊濕暖帶血的毛皮內裡。

突然，馬提亞斯回想起那個在漢斯槍口前的小女孩，那個即便有人在背後持槍瞄準著她，也毫不在乎、逕自撿雪來吃的小女孩。這女孩現在拿著剛死不久的野兔毛皮暖手，享受這愉悅的溫熱；這女孩在森林中緊跟著馬提亞斯，如影隨形；這女孩一雙深邃的眼睛認真看護著他；這女孩在他入睡時守著夜；這個小女孩，讓他體會到某種未曾經歷過且無法理解的感受。這感受過於模糊不清，仍舊沉在他的思緒、潛在他的身體。這模糊的感受，確切存在，化為一種無聲的歡愉，一點一滴佔據著馬提亞斯。小女孩望向他，察覺到他心裡的騷動，一切都逃不過她的眼睛。他轉過身，朝小屋的方向走了回去。

他倆靜默不語，在壁爐前認真嚼食。荷妮吞下最後一口，用袖口內裡抹抹嘴。這是他們在小屋的第二個夜晚。前一天晚上，荷妮跟他講了個故事。他不想聽，但是除此之外，她無事可做。那故事講的是一匹神奇巨馬，這匹馬載著四兄弟越過整個查理曼帝國。這四個傢伙，為了一個馬提亞斯不懂、小女孩也顯然不知的原因，生著查理曼大帝的氣。總之，這艾蒙四兄弟向查理曼宣戰，獲得了一個古怪的傢伙幫助，他是個巫師，披著熊皮、頭戴枝葉，能隱形，住在森林裡。這個巫師名叫摩基，他有一匹神奇的馬，身形巨大，一躍便能越過馬士河。這馬叫作貝亞。巨馬精靈，小女孩這樣稱呼牠。巨馬精靈這幾個字，她念得像是咒語，像某種神聖、古老又帶著野性的東西。馬提亞斯忍不住喜歡上她說故事的模樣。

有了巨馬精靈的幫忙，四兄弟屢屢逃過查理曼派來的打手攻擊。這四兄弟的嘲弄，讓查理曼氣得發狂，發誓要殺死巨馬精靈，而且還要牠死得痛苦又淒慘。貝亞就這樣掉進查理曼的陷阱……故事說到這裡，小女孩表示自己累了，接下來的發展，隔天再說。她實在吊住了他的胃口，他想知道這匹大難臨頭的怪馬會發生什麼事。聽這孩子說故事，他感到輕鬆、平靜，覺得戰爭離自己好遠。他彷彿再次回到那位印第安婆婆的帳篷裡——那是不一樣的時空，不一樣的自己。

「你想知道結局嗎？」荷妮問道。

他低聲咕噥著，小女孩當他說好。她身子坐得直挺，眼裡燦燦反射著壁爐的火光。巨馬精靈被抓了起來，查理曼下令要在牠脖子綁上一個巨型石磨，再把牠浸入馬士河裡。巨馬一往下跳，查理曼就高興得不再查看河面的動靜。他終於打敗這隻野獸，終於把巫術和反對他統治的人全都消滅殆盡。不過，出乎意料的是，巨馬精靈竟然從水裡冒了出來！查理曼氣得勃然大怒。牠大蹄一踢，石磨瞬間碎開，牠衝出水面，像這樣！荷妮雙手比畫出一道噴射水柱。貝亞一個飛躍，就回到河堤上，消失在森林中，此後再也沒有人看過貝亞。再也沒有人。

是的，再也沒有人。荷妮露出一副近乎滑稽的神祕表情，說著這幾個字。馬提亞斯笑了，荷妮皺起眉頭。

「你知道嗎，貝亞一直都活著。只要有大片森林的地方，牠都能過得很自在。牠想去哪就去哪，就算是很遠的地方……」荷妮停頓了一會，接著說：「像是你家。」

馬提亞斯身子微微抖了一下，幾乎難以察覺。不過，荷妮還是注意到了。

「像是德國……」

馬提亞斯沒有回答。荷妮知道他不是生來就是一位德國軍人，至少在從軍之前，他有著另一種生活。他說得一口流利的法文。森林是他的天地。那謎團，他身上那龐大的未知，深深吸引了荷妮，讓她既惶恐又著迷。在那些她聽過的故事裡，荷妮總是偏愛那些有點多疑敏感的角色。在荷妮這滿是危險、追緝與祕密的生命歷程中，那些角色就像她在現實中所遇見的人物。反倒是那些過於親切、跟荷妮說話都露齒微笑、眼展笑紋的人，才常常是不值得信任的人。

荷妮想起瑪麗珍。當時她只有三、四歲，由一對農家夫婦照料。瑪麗珍是那對夫婦的鄰居。這女人又高又瘦，骨感明顯，經常手拿點心吸引荷妮，撫摸荷妮頭髮，說荷妮長得漂亮美麗。有天，荷妮在大半夜裡被叫醒，連外衣都來不及穿，就得在寒夜中離開。克勞德媽媽——也就是那位農家婦人——說，德國人馬上就要來抓走她了。皮耶——克勞德媽媽的丈夫——馬上把車開出穀倉。夫妻倆載著荷妮開了好久。荷妮假裝入睡，其實卻在偷聽他們討論瑪麗珍。他們要付瑪麗珍封口費，否則她就要跟德國人說荷妮的事。有天，皮耶不想再付了，所以瑪麗珍就準備去告發。幸好老天保佑，村裡一位知情的正直青年，好心前來告訴他們瑪麗珍的打算，要不然，親愛的耶穌，一切都完蛋了，我們就要被埋進地底吃蒲公英的根了。農婦嗚咽啜泣，哭得上氣不接下氣，模樣非常可憐。十字架上的耶穌啊，感謝您施恩憐憫，但願一切都還來得及。聖母瑪利亞啊，請您為我們的罪行禱告，要是他們來了，啊要是他們早一點來的話，那一切就完了！

馬提亞斯睡著了。荷妮睡在他讓出的舊床墊上。馬提亞斯給自己用松針做了一個墊子，很能隔冷防寒，讓荷妮很是羨慕。荷妮閉上眼，隨即沉進夢裡。她夢見瑪麗珍跪在查理曼面前哀求憐憫，她脖子上纏著繩索，繩索的另一端，綁著一塊足足有她體型五倍大的石磨。查理曼對她的哀求不為所動，命令士兵把瑪麗珍丟進馬士河。瑪麗珍開始祈求聖母瑪利亞保佑，沒多久就化為河面上的氣泡，沒入水中。

馬提亞斯搖了搖她的手臂，把荷妮從夢中搖醒。他做著手勢要她別出聲。外頭不知是什麼人還什麼東西在輕敲著門。馬提亞斯拿出他的大刀，一口將大刀咬在牙齒之間，雙臂迅速一撐，整個人攀上門楣、駝伏在屋架之下。敲門持續響著，力道比之前更強了點。

「數到三，把門打開。」馬提亞斯用氣音說道。

他用手指數數，比到三，荷妮就把門大大拉開，躲在後頭。他們聽見的腳步聲，其實更像是跺步聲，而且還伴隨著強而有力的呼吸聲息。馬提亞斯從上頭跳了下來，武器上手，接著便當場呆住了，打個手勢要荷妮過來。站在他們面前的，是隻長著巨大鹿角的高大雄鹿。雄鹿看著他們，目光溫和卻略顯高傲，牠暗色的毛髮上灑滿丁丁點點的白雪。荷妮只有在畫裡看過雄鹿。這雄鹿如此巨大，荷妮不禁懷疑起自己是不是還在夢裡。她怕只要稍微一動，這動物就會像變魔術一樣消失不見。然而，馬提亞斯卻靠近雄鹿，將手伸向牠，動作緩緩的，舉手投足間顯露著一種熟悉的親密。雄鹿也靠向他，盯著他的雙眼，看了好一陣子，接著低下牠那厚實美麗的頭，將鼻子湊進那男人的掌心。荷妮心裡一陣讚嘆——這個德國人有天賦，他是森林的主人，也是野獸的王。荷妮看透了他的祕密。他幾乎不與荷妮說話，也從不告訴荷妮他的名字（所以荷妮也不跟他說自己的名字）。他不願接受她，荷妮對他也不感興趣。雄鹿稍稍後退，看了他倆最後一眼，轉身離開，隱沒在黑暗中。

隔天是「禮物日」，一個荷妮永生難忘的日子。她看著那德國人拿動物的腸子當作縫線，把不知道是什麼的東西，縫進野兔的毛皮裡。荷妮什麼也沒問，她知道問了也不會有回應。當他大功告成，便粗魯地叫著她，彷彿他已經習慣這樣叫了：

「誒，過來一下！」

荷妮走了過去，德國人捧起她那滿是凍瘡的手，套進一只毛皮內翻的連指手套。再捧起另一隻手，也套上手套。一對真正的毛皮手套，是他親手做的，為了她而做的。

荷妮這輩子沒有收過多少禮物，布偶普洛是她最珍貴的禮物，因為那是媽媽留給她的。至少，大家是這麼告訴荷妮的，而且打從荷妮有記憶以來，普洛就一直陪伴著她。普洛的頭有點尖尖的，上面豎著一截截毛線做成的頭髮，配上一臉專注的神情，真的是逗趣又討喜。媽媽真會選，她看著普洛時肯定也笑得很開心。除了普洛之外，還有馬歇爾送給荷妮的《艾蒙四兄弟》故事書，但這書跟著她的行李，一併遺落在馬路上。凱薩琳的娃娃，下場跟故事書一樣，在一個美好的上午，丟失在城堡裡。儘管荷妮哀求說要回頭找它，大家卻都表示無能為力。其實，荷妮沒有很喜歡娃娃，但這娃娃是凱薩琳留給她的，凱薩琳是荷妮的好朋友，她被德國人帶走之後，肯定——就像克勞德媽媽常常講的——就被埋進地底吃蒲公英的根了。荷妮喜歡這個說法，它有點滑稽，感覺被德國人帶走之後，事情不會馬上結束，好像還有個什麼事情好做，儘管在地底吃蒲公英的根不是很有趣，但至少聊勝於無。荷妮從來就不相信人死後會上天堂，有天使相伴，然後親眼見到上帝。比起這些天上的故事，土地與蒲公英的根，這畫面比較符合荷妮對死亡的想像。大家告訴荷妮，凱薩琳是被帶到一個有很多小朋友的地方，在那裡，她或許還與父母重聚。不過，這如果真的是件好事，聖心堂的瑪特修女為何會以一副淒慘的模樣，宣布這個消息呢？好吧，家人大團圓這回事，荷妮是願意相信，但是那些德國人，對於他們所討厭的人，究竟會做出什麼事呢？

荷妮讚嘆地看著戴上手套的雙手，舉起手舞空轉動，好像在操演偶戲。荷妮走近德國人，將臉頰貼上他的胸膛。德國人瞬間全身僵直，彷彿化為石像。對於他的反應，荷妮並不驚訝，她完全理解他的感受。荷妮自己也不喜歡與人有肢體接觸，不論對方是大人還是小孩。她偏愛動物。不過和這個人的話，就不一樣了。

荷妮走出小屋。地上積著一層厚雪；樹木站得歪斜，披著那厚重的雪大衣，一身純白。四周一片寧靜。小女孩開始蒐集地上的雪，做出一個圓滾滾的雪球後，拿到地上滾動，好讓它越滾越大。既然雙手再也不怕冷了，她要做一個雪人。馬提亞斯站在門口。他看著那孩子，看她專心一意堆著雪人，無憂無慮的模樣，彷彿毫不在乎身旁的一切。然而，她又能隨時注意周遭的風吹草動，丁點不漏地小心防備。她這般異常敏銳的警戒心，馬提亞斯從未在印第安人身上看過。但是，她現在就像是個普通的孩子，專注於自己的遊戲，全然活在當下。打從遇見小女孩以來，這是第一次，馬提亞斯忽然想知道，這孩子來自何方，她至今過著怎樣的人生。他想像得出她被追捕、獵殺，永遠處於危險，他能想像那種生活過得怎麼樣。馬提亞斯在滲透法國抵抗運動[16]的時候，接觸了一些藏身在法國平民家的猶太小孩。但是，他所遇過的那些孩子，每個都失去生命的光彩。他們不會直視別人的雙眼，移動時沿著牆壁行走，握手時總伸出一隻軟弱膽怯的手——他們已被恐懼給摧毀。眼前這孩子，完全不是那樣。

小女孩快要完成雪人了。她插上棍子，當作雪人的鼻子，退後幾步，欣賞自己的傑作。馬提亞斯進屋裡找香菸。他一走出小屋，大片積雪突然就從屋頂崩滑而下，正中馬提亞斯頭頂。他定在原地盯著荷妮，看了好久，才終於抖動身子，搖落頭髮與衣服上的殘雪。剛才是不是聽到這個小傢伙悶著聲不敢笑出來？馬提亞斯一派輕鬆地整理自己的衣著，那副故作自在的模樣，再次誘發荷妮的笑意，不過她還是成功忍了下來。她看著馬提亞斯，雙唇緊抿，忍得眼眶泛紅。馬提亞斯感到既憤怒又無助，一想到這小鬼竟敢嘲笑他，就讓他受不了。他向荷妮走了幾步，瞪大眼看著她，隨即意識到自己正往更荒謬的情境裡去。這次，荷妮放聲大笑，那笑聲太過喧鬧，聽起來太過狂傲。馬提亞斯抓住她的手臂，但小女孩掙脫開了。他開始追著她跑。她跑得真快，馬提亞斯追著追著，終於一把抓住她的外套，小女孩被扯得摔倒，他自己也跟著跌跤，他們倆翻滾在雪地裡。她搶先站起身，給他一個認真又得意的眼色，接著向小屋跑了回去。馬提亞斯一頭倒回地上，無法用言語描繪自己正在經歷的一切。

16 譯註：法國抵抗運動（la Résistance française），為二戰期間，以抵抗納粹德國對法國的佔領為目標而組織的運動。

第三章

這天晚上，馬提亞斯猛然驚醒。荷妮緊靠著他，頭縮進他的胸膛，一手擺在他腰臀上。他感覺著那吹抵著皮膚的溫熱氣息，那依靠在側身上的輕盈手臂。一瞬間，他下意識把她抱進懷裡。不，別太過分了！她以為這是怎樣!?在一起幾天，一同吃過野兔，這樣就變成世界上最好的朋友嗎？再說，他們已經這樣過幾天了？三天？四天？他無從確知。無論如何，這已經太超過，事情該就此結束。她需要一個真正的家，她需要一張床，需要溫暖，需要玩具以及新鮮的蔬菜……他得把她安置在有膽識的人家，得把她安置在一座農場或是一間偏僻的屋子裡。馬提亞斯身子往後縮，拿開荷妮擺在他腰上的手，起身坐到爐火旁邊。

「起來！」他大聲命令著。

荷妮動了動，一邊用手臂撐起身子，一邊揉著眼睛。

「我們該走了。我不能把妳留在身邊。」

「為什麼？」孩子問。

「不為什麼。起來。我們要走了。」

荷妮躺了回去，轉過身背對他。

「不要，」她說，「你要把我留在別人家。我再也不要這樣了。」

馬提亞斯靠近她，強要她轉過身來；她抗拒著。他抓住她的雙臂使力搖晃；小女孩喊叫著。馬提亞斯伸手摀住她的嘴，小女孩持續發出悶聲叫喊，奮力掙扎著。她面色漸紅，眼裡充斥著血絲。馬提亞斯不知該如何是好，不知該如何處置這突然變得歇斯底里的孩子。得讓她閉嘴才行。自己究竟蹚了怎樣的渾水？事情可以很簡單，有個念頭閃過他腦中：用自己的刀子，割斷這小傢伙的喉嚨，刀刃從左耳插進劃至右耳，她就會閉嘴了。這或許是解決之道。又或者，在頸背給她一記手刀，把她打昏，這樣就好。沒想到，她竟然自己閉了嘴！他不顧一切地伸出雙臂，笨拙地環抱著她，將她緊緊抱進自己懷裡。小女孩在他胸前抽噎，喘不過氣。馬提亞斯靜止不動。慢慢地，荷妮緩和了下來；他感覺她的身體在自己的懷中放鬆開來。等他確定她已平靜下來，他凝視著她，拭去她臉龐的淚水，整理好她的頭髮。荷妮倒回去睡，躺得直直的，在他們動身離開之前，她一個字都沒說。

吉普車居然還留在他們當初下車的地方。真是不可思議——樹林成為戰場，散兵坑滿布，屍橫遍野，車竟然還在。這幾天沒有半個人來他們藏身的小窩打擾，也同樣出人意料之外。馬提亞斯坐進駕駛座，轉動鑰匙，引擎即刻啟動。他們沿著原本的小徑反方向駛去，不過馬提亞斯沒駛回公路，而是開進另一條小道，在森林裡蜿蜒蛇行。吉普車陷落進一條小溪。馬提亞斯用石塊墊穩輪胎，使出全身氣力推移車子；他咒罵，他嗥叫，他一腳一腳對著車身踢踹。看著他惱怒不休，反應像隻執拗的笨驢，荷妮突然覺得受夠了，她走下吉普車，一腳踩進冰冷的水裡。她無所畏懼，涉水過河，一抵達河岸，便以堅定的步伐直直走去，頭也不回地把馬提亞斯留在原地。

該死的小鬼！還不是為了她，他才被這爛貨吉普車弄得死去活來的。步不步行，他才沒差。她偏要用腳走，有什麼後果就是她活該！他在左後輪再墊顆大石，隨後把油門踩到最底。依舊徒勞。他遠遠看見小女孩在森林外緣的田地上費力走著——一個黑影在雪上蹣跚前進。他拔腿向她奔去，一下便越過她的身影。積雪實在太厚，小傢伙每一步都踩得搖搖欲墜。她試圖止住一身子的寒顫。馬提亞斯回頭走向她，像個包裹一般把她托上肩膀。

珍受夠了這個地窖，裡頭的老人哀愁滿面，撥著念珠誦念《玫瑰經》，還有孩子大叫喊餓，大人對著他們傻呵呵地重複說道：「餓了就吃你的手，另一隻收好，留著明天吃。」那些永無止境的討論——討論同盟軍戰勝的可能性、討論那頑強得令人生畏的日耳曼軍隊，也讓珍覺得難以忍受。鄉間警察[17]深信「德國鬼子還會再回來」那些話；亞瑟叔叔對美國佬的勇氣百般讚賞，迷信這些英勇的傢伙是自由的化身。輕聲細語的對話時常轉壞成爭執口角，而朱爾・帕凱——農場的主人、珍的父親，只得大發雷霆，才能讓大家閉嘴。婦人們又繼續咳聲嘆氣，重新誦念一陣《天主經》和《聖母經》。

一如往常，珍不顧大家的反對，逕自躲進廚房偷個清靜。她坐在擠奶用的小凳上，背對著沒有火光的暖爐，目光在廚房遊蕩，視線所及，淨是一片混亂：毀壞翻覆的家具、碎裂的玻璃與瓷器。有兩百年歷史的大櫥櫃現已危危傾斜，裡頭的舊瓷盤全往同一邊堆擠，彷彿是在一艘被暴風雨襲擊的船上。四方形的農場已多次遭受砲彈襲擊，建築的主體仍在，但是屋頂已塌陷一半；穀倉以及部分圈養牲畜的柵欄，也被炸毀破開。

才不過下午四點，天就近乎全暗。德軍是在十二月十六號發動攻勢，帕凱一家則是在十八號搬進地窖裡安頓。現在是二十一號，不過四天的時間，珍就感覺有好久好久沒見過日光。她跟大家一樣，都餓了，但是還要再等兩個小時，才能配著一片薄薄的火腿，細細啃食一塊小小的麵包。那火腿，還是她冒險跑去杜薩的農場，用一壺豬油換來的。帕凱的農場先前被德國人佔領，後來又被美國人給拿下，這兩國人都一樣，搶光帕凱家的存糧。

珍雙手貼面撐著頭，閉上雙眼嘆著氣。突然，她挺起身，屏住氣——她聽見外頭有

17 譯註：鄉間警察（le garde champêtre），某些鄉間地區的一種警察職位，負責保護林野、國家公園、野生動物，也身兼一般警察職責。

什麼東西。她起身，猶疑著是否要回到地窖裡，但是，腳步聲越靠越近，從走廊傳來；她已錯失時機，只好動也不動，僵硬地挨在櫥櫃上。

「Anybody home?」[18]一個說著英文的聲音問道。

是個美國人。珍不知道自己是否應該慶幸。德國人殘暴、高傲又粗野，但是美國人過於神經兮兮，同樣令人厭煩不滿。腳步持續靠近。珍翻倒了壁爐上的小聖母瓷像，門就在這時打了開來。下一秒，一個士兵從走廊冒了出來，舉槍瞄準著少女。他們就這樣彼此打量了一會，士兵轉身帶了個小女孩進來，那小孩在他身前站定不動。士兵與小女孩看著珍，他們眼神強烈得讓她不安。珍會永遠記住這畫面：在寒冷的餘暉中，這對古怪的組合走進她的廚房，兩人的目光奇特——他的光亮清澈，她的非常深沉，這兩雙眼睛，讓珍覺得恍若是野生動物才有的，來自同一個獸群。士兵終於開口說話：

「你們這有軍人嗎？」他用法文問道。

他會說法文，腔調雖然有些奇怪，但對一個美國佬而言，算是說得不錯。

「沒有，沒有軍人，」珍回答：「除了你之外。」

士兵的雙唇略開，看似一個正待展開的微笑。

「你可以照顧她嗎？」他指著荷妮問道。

這問題根本不是在提問，而是一個命令——在社交禮節所允許的最大限度中所提出的要求。珍可不是那種任憑擺布的人。

「照顧她？要照顧多久？她是誰？」

「她是猶太人。一個神父抱給我的，在斯多蒙那裡。」

「要念斯圖蒙[19]。我們說斯圖蒙。」

又一個不忘多嘴的女人！真完美，她一定能與小女孩處得非常好，又或者，她們會對彼此感到絕望。這個漂亮女生，她不能就說聲「好」，然後就這樣結束對話嗎？我們說「斯圖蒙」！而且眼裡還帶著傲慢。她面對著敵人，膽子還那麼大。突然間，他意識到自己穿著美軍制服。他差一點就要用德文下令，要她服從，要她閉上她那美麗的嘴巴。他發現自己的槍仍舊對準著她，他放低武器，小女孩動也不動地站在他身旁。自從昨晚的危機以來，她就把自己隔絕在旁人無法忍受的沉默裡頭。馬提亞斯發現她不再絮絮叨叨，她的眼神、她的微笑、她的神奇巨馬，甚至連常駐於她面貌裡的那份嚴肅，全都消失不見。

少女的視線從馬提亞斯移到小女孩身上。她向小女孩伸出雙臂，並對她微笑。小女孩仍舊站著不動。馬提亞斯伸手推她。荷妮像個小機器人般向珍靠近。小女孩的身形非常纖瘦，但是當珍把她抱進懷裡，卻覺得沉甸甸的——她全身都是肌肉和骨頭。

18 譯註：「有人在家嗎？」

19 譯註：斯圖蒙（Stoumont），比利時城鎮，位於瓦隆大區列日省（Province de Liège）的斯圖蒙行政區。

「你叫什麼名字？」

小女孩沒有應聲，一副倔強的模樣。珍與士兵互看了一眼。荷妮終於轉過頭，面向馬提亞斯，直盯著他，準備好了才開口說：

「我叫荷妮。」

士兵的視線微微模糊了起來；小女孩沉重的目光仍緊緊盯著他看。他們三個停在那裡，好一陣子，全都靜止不動。月亮現身，破敗的廚房浸浴在淡藍色的光暈中，像是海底深處的船隻殘骸。馬提亞斯掙脫了荷妮的目光。

「我得走了。」他說。

他轉身離開，腳步聲在走廊的石板上迴盪。珍把荷妮放回地上，荷妮猛然掙脫她的懷抱，走向窗前；珍跟在荷妮身後。馬提亞斯朝著門廊越走越遠，他轉身回望最後一眼，然後消失不見。荷妮看著庭院覆滿白雪，正中央杵著一棵被燒毀的樹木，外加一具死馬的屍骸。

荷妮不想回到珍的懷抱裡，不想跟她走進地窖。地底下，油燈閃爍發亮，幾十隻眼睛在盯著荷妮看。二十多個人，年齡有大有小。荷妮先看見那些小孩，有兩個比她大的女孩，以及一位少年。人群竊聲低語。有位婦人大聲叫著：「聖母瑪利亞！」聽不太出來她是要表達對基督之母的感激還是責難。

「有個美國士兵要我收留她。」珍說。

「士兵!?有士兵在怎麼沒告訴我！他人在哪？」

說話的是朱爾，珍的父親，他說起話來聲音洪亮有力，荷妮馬上明白這地窖由他作主。他相當高大，身形宛若一棵橡樹般，有雙目光敏銳的黑眼睛和一對大大的手；他臉上那副易怒的神情，在與荷妮四目交接之時，便轉瞬化為開朗的微笑。

「士兵人已經走了，」珍回答，「她無依無靠，她叫荷妮。」

一陣肅穆的沉默中，大家看著無依無靠的荷妮，憐憫的目光裡攙雜著些許好奇。蓓特撫摸著荷妮的頭髮；蓓特是珍的母親，是一位身體康健、臉型四方、面色堅毅的婦人。接著一把蒼老的聲音——是蓓特的奶奶瑪賽兒——打破了沉默。

「那些美國人，他們來村裡是要幹嘛？」她以厭煩的語氣問道。

聽著這老人的提問，孩子們噗嗤笑出聲來，蓓特使眼色斥責他們。

「阿嬤，他們是來解放我們。你還記得嗎？他們是要來把我們從德國鬼子的手中救出來的啊。」

「是吧，或許是這樣。」朱爾逕自嘟囔著。

蓓特湊近荷妮，蹲下身讓自己與她齊平。

「來，孩子，現在一切都沒事了。」

現在當然沒事，荷妮困惑地看著蓓特。希多妮姑姑——朱爾的姊妹——以顫抖的聲音驚呼：

「可憐的小蟾蜍！」

剛才是她在向聖母祈憐。荷妮挺起身，對希多妮使了個銳利的眼色——她才不是什麼可憐的小蟾蜍！她不想再戰，無力再去抵禦這些施加在她身上的憐憫、惱人的言語以及轉眼迴避的目光。而珍又雪上加霜，對著自己的母親悄聲說道：

「她是猶太人，是一位斯圖蒙的神父把她交給那個士兵。那時候，納粹就站在神父的家門前。」

蓓特在胸前畫個十字。一陣恐懼的低語在人群中傳了開來。

「要是那些德國人在這裡找到她……」蓓特說。

一名懷裡抱著小男孩的婦人走了過來。

「她說的沒錯！天啊，不能這樣！」她尖聲叫喊道：「她會害我們全被槍斃！」

嗯，她，就是一群人裡的那個膽小鬼。荷妮心裡有數，知道該怎樣應付。這種人雖然不時顯露出一種低於常人的勇氣，但也不該太快給他們判刑定罪，最好是對他們心存懷疑，靜靜觀察。荷妮重新在心中裝起了小警報器。在她與德國人相處的那段時間裡，警報器很少響起。她覺得很安全，自己從沒有那麼安全過。事實上，多年來不停地戒備，緊繃的神經以及時時處於警戒的大腦，也讓她精疲力竭。她承擔著這疲憊的感覺，卻未完整意識到這究竟有多累。然而，與德國人在一起，她感受到其中的差異：她信任他，她放下了戒備。現在他走了。他會回到他同伴的行列嗎？她將這些念頭趕出腦際。車輪已經轉向，情況有了變化，得要自行適應，然後活下去。

第四章

那婦人心懷恐懼，煩躁不安地一邊安撫她的小兒子，一邊打量著荷妮。那小男孩看起來不太健康。他大概只有兩歲出頭，又蒼白又瘦小，鼻子流著青綠的鼻涕，不斷咳嗽。朱爾前來拉住荷妮的肩膀，帶她走避法蘭絲瓦那雙滿懷敵意的眼睛。

「別擔心，孩子，他們不壞，只是害怕。害怕，讓人變笨。但是，這裡是我家，我不怕。」

朱爾把她帶到拱頂大地窖裡頭稍遠之處。床墊上坐著老瑪賽兒，她全身裹著好幾層衣物，頭上包著羊毛披巾，看起來像個俄羅斯娃娃，不過身上多了些皺褶，色彩較為單調。瑪賽兒的旁邊，還有另一位老婦人，年紀稍微輕一點，相較之下穿得少很多。這位穿不多的老婦人，有對非常特別的眼睛，那是一種近乎白色的藍。她的髮髻鬆脫，頭髮烏黑發亮。她臉上帶著微笑；不過，荷妮無法確定老人家是對著她笑，還是對著某個看不見、藏身在地窖一角的人在笑。

「所以她在哪？那個猶太小女孩？」瑪賽兒對著空中大聲問道。

荷妮心想她是不是瞎了。

「來，阿嬤，在這邊呀。」蓓特愉快地應著話。

「唉呦，怎麼會這樣。小女孩跟我們長得一樣。」瑪賽兒回嘴。

朱爾笑了出來，聲音在石拱頂間轟隆作響。人們壓低身子，身體稍稍縮了起來。再小的聲響都會讓他們擔心憂慮。朱爾倒不在乎這些，畢竟這聲響源自於他自己。

「我以為她是黑人。」瑪賽兒認認真真地回答。

「不然呢，你以為她有角有蹄嗎？」朱爾問道。

懊惱的低語隨著人群在地窖裡蔓延開來，孩子們噗嗤笑了出聲。朱爾繼續逗弄著老祖母。

「跟剛果的黑人一樣黑？」他強調著。

「不是，沒有那麼黑。不過，還是……」

猶太人究竟是怎麼樣的民族，荷妮不太明白，但是她十分清楚，那些她所遇過的人們，都比她知道的還少。如果可以，她真想滿心歡喜地告訴他們答案。猶太人與宗教有關，這事她知道。在城堡的時候，修女們都跟她說，猶太人一點也不喜歡耶穌，猶太人要為耶穌的死負責。但是荷妮正好相反，她一點也不討厭耶穌。每當她看見他釘在十字架上，都非常同情他。她問過，為什麼其他猶太人會怨恨這個看似憂愁纏身的可憐男子，但是沒有得到任何回覆。人們就只是看著她，一副理所當然的樣子。

儘管猶太人散居世界各地，還是有自己的語言。她的朋友凱薩琳懂這種語言，因為在來到城堡之前，她爸媽都會跟她說猶太人的語言。荷妮認識的猶太孩子並沒有什麼特別之處，只有他們眼睛和頭髮的顏色算得上特別吧，那顏色就跟她自己的一樣深沉。城堡裡沒有半個黑皮膚的猶太人，不過，既然猶太人無所不在，黑皮膚的猶太人也肯定存在。

「猶太人」這個詞真是個謎。荷妮發誓有一天要破解這謎團，尤其是要搞清楚，為什麼這詞會時而讓人像亨利與馬賽爾的父親般軟弱無力，時而使人像法蘭絲瓦或是瑪麗珍般兇狠惡毒，時而又讓人變得既勇敢又博愛，像是「另一種鄉下」的農家夫婦、聖心堂的瑪特修女、斯圖蒙的神父或是朱爾・帕凱。這個詞所激發的各種情感、這詞使人變得赤裸的能力，這些是荷妮最掛心的事情。那個德國人，他似乎一點都不在乎荷妮是猶太人這件事。他應該要殺了她，因為他是德國士兵，而大家都認為，德國士兵不是要把猶太人殺死，就是會把他們帶走。然而，他並沒有對她這樣做。那之後，是不是猶太人，不再有任何意義。跟他在一起，她就是她自己。有生以來第一次，在那德國士兵的身邊，她忘了身為猶太人這件事。

在這地窖裡，她被迫要記起自己的猶太身分，再度成為人們好奇的話題。不過，她覺得自己是落在不錯的人家裡，尤其是朱爾，他讓她放心，也令她開心。

「來，過來這裡，小貓咪！」瑪賽兒邊說邊把手伸向荷妮。

荷妮握起她的手，不過，有些戰戰兢兢。小女孩沒有遇過太多年歲這樣大的老人家；瑪賽兒那沙啞的聲音以及那些積累在身的年歲，都讓荷妮印象深刻。

「是個好漂亮的小蟾蜍呢！」老婦人邊說邊微微笑著，露出她那無齒的嘴。

瑪賽兒繼續用瓦隆語[20]說著話，但荷妮已沒在聽，因為大夥都轉身去看樓梯上發生的事：有位神色兇惡的美國士兵，一面持槍瞄準著現場所有動靜，一面咆哮著大家無法理解的話語。又來了。荷妮躲到蓓特身後，一動也不動。要是樓梯上的士兵是個假貨，他也是德軍偽裝而成的呢？不過，有件事提醒了小女孩，讓她知道這個動作大手大腳的傢伙確實是個美國人：荷妮雖然沒見過美國人，但這個男的不是德國人。這點，她萬分確定。

他後頭跟著另外兩個士兵，他們三個極度緊張，揮舞著手中的武器，像是小男孩在玩強盜遊戲。朱爾・帕凱被問到這屋子裡有沒有德國佬；這個例行問題，他答說沒有，這裡沒有德國佬，「Just family, just family!」他用英文說道，又說：「Please don't shoot!」[21]那些美國佬，他們下手可是毫不留情。朱爾知道他們在特魯瓦蓬的時候，朝一個滿是貧苦百姓的地窖丟擲手榴彈，只因為他們推測可能有德國鬼子混在裡頭。他們行事粗略隨便，就丟手榴彈這事，是可以這麼說。那個比手畫腳、有著猿人泰山般顎骨的

20 譯註：比利時瓦隆大區的傳統語言為瓦隆語，如今以法語作為主要語言。
21 譯註：「只有家人，只有家人！」「拜託別開槍！」

健壯傢伙，更是無法讓人聯想到什麼好事。所有人在空中舉高雙手，等待指示。泰山下令往院子集合；最後，大夥覺得，比起德國鬼子，美國佬沒好到哪去。

他們雙手抱頭，依序離開地窖，站在寒冷的夜裡。泰山名叫丹；在隊長跟著其他士兵搜索農場的這段期間，隊長命令他要好好盯住這些民眾。丹盯著他們看，惡狠狠地盯著。大家將頸背沒入肩膀找尋溫暖，雙足微微踮起好減少與冰冷石子接觸的面積。總是生著病的小尚在母親的懷裡哆嗦；老瑪賽兒看似隨時要昏厥倒地；孩子們因為恐懼與寒冷而全身發抖。荷妮看著其他人，忍著自身的不適。她靜身等待，硬挺起胸膛，想感覺那藏在外套裡的布偶普洛；此時她卻突然回到那座森林，背後有兩個士兵要置她於死地。她聽著手槍上膛；她感覺到那個持槍瞄準她頭的男子，他身上先是一陣猶疑及恐懼，然後另一個男子說話了。這聲音溫熱、略帶沙啞，是這聲音的主人要開槍。她知道這就是死期，但她想再見他一面。她轉過身，視線穿過瞄準著自己的武器，與他四目交會。那德國人的目光帶著金屬的質地，眼裡毫無表情，但只有一開始的時候是這樣；就在鳴槍巨響之前，有什麼東西在那冷漠的藍色眼眸裡露出光輝。她見他又微微皺起了眉，彷彿丟失了什麼東西。美國士兵的聲音把荷妮拉出了幻象，她再度回到院子，回到這群她不認識的人之中。德國人已離她而去。這是一個事實，而她無能做出任何改變。

小尚繼續咳嗽，老婦人們呻吟哀鳴。蓓特與朱爾攙扶著祖母。希多妮問美國兵，村子是掌控在誰手裡，是德軍還是同盟軍。美國兵什麼也沒聽懂，鄉間警察于貝爾用蹩腳的英文再問一遍。

「德國佬。」美國兵答道。

一陣恐懼的竊竊私語。瑪賽兒再也受不了了。蓓特以懇求的目光看著泰山。誰都看得出來，朱爾想在他臉上揍一拳。美國兵終於示意，兩個老婦人以及法蘭絲瓦和她的兒子，可以進屋子去。其他士兵回到院子；他們什麼也沒找到，一個德國人也沒有。所有人都返回地窖。

半打的美國人移進一個較為低矮窄小的磚造地窖，坐在麥稈堆上；小地窖與村民待的拱頂大地窖比鄰相連。他們一隊人之中有幾個傷者，一個很年輕的男子頭部有傷，上頭的繃帶滲滿了血。這小隊的隊長是派克中尉，他是一位戴著眼鏡、神經緊繃的矮小男子。荷妮覺得，他看上去比丹要來得討人喜歡。丹總在微笑，但是看起來很奇怪，因為他的微笑不像是真心的笑，反倒像是胡桃鉗士兵的那種怪臉。派克中尉要女生都去廚房生火，替士兵準備吃食。

「他主意出得真好，」蓓特說：「我們都已經沒有東西給孩子吃了呢！」

蓓特、珍和希多妮遵循指示走去廚房，荷妮跟在她們後頭；丹似乎不喜歡她走。不過，荷妮才不管他，她想要和女生待在一起。無奈之下，人們只好分食著珍從杜薩家帶回來的一片火腿。蓓特開始攪拌一種看起來古怪的麵粉，裡頭滿是一截截的穀物和著清水。麥斯——一名渾身肌肉的高大黑人士兵，一臉困惑地看著這團大雜燴。

「What's that?」[22]他粗壯的手指指向盤子，嫌惡地以英文問道。

「給牲畜吃的麵糊啊。」蓓特驕傲地對他宣告，彷彿是在推薦塞滿餡料的烤火雞一樣：「就只剩下這個了，孩子。」

麥斯一副不信的樣子。不過，蓓特擺出嘴饞的模樣。

「嗯——」她一邊發出對美食的讚嘆，一邊摸著肚子。

士兵回她一個孩子般的開朗微笑——那是個真心的笑容；蓓特與希多妮替他感到難過。荷妮去找珍；她在準備敷料，在桌布上裁剪東西。荷妮想要幫忙；珍明白她的心意，便把繃帶與敷料交付給她，告訴她說，這些東西要保持乾淨，什麼都不能碰到，否則傷口可能會被感染。丹在珍的附近繞來晃去。荷妮清楚自己的小任務了，丹還在院子裡不停看著年輕的珍。他想起個頭跟她聊聊；但是珍視若無睹，繼續自己的工作。丹心煩意亂。

他不知道要怎麼做才能吸引那年輕女子的注意，只好撫摸荷妮的頭。她猛然掙脫，瞪他一眼。胡桃鉗士兵，不要碰她！丹說著珍聽不懂的話，約莫與荷妮、與繃帶和敷料有關。他豎起大拇指，傻憨地笑著，意思是荷妮好棒，會幫珍拿包紮要用的東西。珍裝作不懂他的意思，一臉厭煩與不屑地看著他。

兩個女生把丹晾在一旁，不去理他。然而，他不認輸；荷妮的布偶從她的口袋裡露出了一節，他一把抓住它，開始左蹦右跳地搖晃著普洛，像在演偶戲一樣。

「Look! Look who's there!?」[23]

他用英文喊叫，在她面前搖擺晃動。荷妮一臉驚愕。他要幹嘛？他要荷妮試著把布偶搶回來嗎？他做夢！然而，其他的孩子笑了起來；有趣的是小尚也笑了，自從荷妮來到這裡，這可是他第一次笑。可憐的普洛被粗暴對待，頭被狠狠打在廊柱上。荷妮受夠了。她手臂一揮，強勢地將手伸向那老舊的布偶。美國人終於停下他那愚蠢的把戲，把布偶還給荷妮。這場戲，珍全看進眼裡。美國人掃視到她高傲的目光，便對著孩子們笑，試圖遮掩自己的懊惱。

士兵那邊的地窖裡，珍與荷妮把包紮要用的東西交給吉娜特——那位有著澄澈雙眼的老人，她身旁就是那頭部受傷的士兵。大夥卸下他的繃帶，他的傷口既大片又嚴重。珍擋在荷妮面前，好讓她看不到。不過，荷妮是敢看那士兵的傷口的。她對這事毫不忌諱，只是替他感到有些難過而已。看得出來，他不舒服。蓓特來了，她帶著一罐蜂蜜，低聲嘀咕著。

「從沒見過人用蜂蜜塗抹傷口。」蓓特說：「感冒還可以用蜂蜜治，是沒錯……」吉娜特無視她的評論，用手取了好些金黃色的蜜膏，在那見肉的傷口上抹了厚厚的

22 譯註：「那是什麼？」
23 譯註：「看！快看是誰在那裡!?」

一層。吉娜特看著荷妮，跟她說明。

「剛開始會紅個一兩天，之後就會開始癒合，你看了就知道。」

吉娜特說話的語氣，彷彿她跟荷妮認識了好久。蓓特嘆了口氣，轉身離去。士兵們開始吃著燕麥糊。他們慢慢地咀嚼，好像麥糊黏上牙齒一樣。民眾也分到了麥糊，大家都開始咀嚼。到處都在反覆嚼食，伴隨著濕潤的聲響。荷妮懷念那有野莓點綴的片片兔肉，以及那用松針葉與小泉流水煮成的好喝茶湯。她喉嚨一陣哽咽；她無法吃完餐盤裡的東西，這可是她第一次發生這種事。荷妮注意到，那兩個女孩之中的一個朝她走了過來，是那個年紀比較大的。她有棕色的頭髮，纖瘦的身形，聰明伶俐的眼睛。打從荷妮來到這裡，她就時常注視著荷妮，但都沒有下定決心要與荷妮說話。

「我叫作露伊絲。」她說：「我是珍的妹妹，我十歲。你呢，你幾歲？」

「七歲。」荷妮驕傲地回道。

其實，她不知道自己幾歲。在她數次搬遷的過程中，她的身分證件已不知四散何方。她只知道自己是在賽爾薇夫人的班上，學習的課程與那些七歲的二年級孩子相同，因此，她認定自己也有七歲。

四歲之後，住在「另一種鄉下」的農家裡，荷妮才開始有清楚的記憶。荷妮之所以稱那是「另一種鄉下」，是為了和她後來常見的南部景色做區隔：國境南部的鄉間與「另一種鄉下」截然不同，樹木更為繁茂，地形更加崎嶇。四歲之前，荷妮不知道自己住在哪裡；對於這遙遠的時期，她只有非常模糊的記憶，偶爾僅能想起一些畫面、聲響與氛圍，例如：一個黃金首飾或是裝有相片的墜鍊，在她眼前如鐘擺晃動，助她入眠。那首飾的畫面總是伴隨著鈴蘭的香味。這個墜子的主人，是某個照顧她的人，還是她的母親呢？這很可能是關於母親的記憶，然而，沒有什麼能夠證明事情真是如此，對荷妮來說，這不過是用幻想哄騙自己。在她這樣的情況，大多數的孩子會從混沌的生命中揀取碎片，將記憶重新縫合、美化，建構出一個美麗又甜蜜的屏幕，好在現下所處的現實地獄之外，隔出一個可以庇護自己之處。不過，荷妮天生不是這塊料；她展現出一種清澈的洞察力，時常嚇壞了少數會費心去認識她的人。她對自己嚴厲，對旁人也一樣。她不與現實討價還價——從來不這麼做。另一方面，她卻熱中將自己沉浸在傳說與故事之中。那些古老、與自己所處的當下相隔甚遠的故事，她隱約覺得，既像是人間醜惡的唯一解藥，卻弔詭地又像是迷人的折光，反射自世間閃爍生輝的美好。

露伊絲邀她去畫畫。地窖裡有大捲大捲的壁紙，是去年重新裝潢珍的房間所留下的。女孩們在角落席地而坐，其他孩子毫不遲疑，一同加入她們：八歲的布蘭奇是小尚的姊姊，十四歲的亞伯是露伊絲與珍的兄弟。打從荷妮來到農場，亞伯面對她的態度一直有些冷漠。荷妮畫著一幅巨大的摩基肖像，她把巨馬精靈的主人畫得十分生動，彷彿隨時要化身成真一般。那雙眼睛畫得尤其迷人：眼睛是杏仁的形狀，眼珠藍得非常清澈且帶著金屬質地，眼神既堅毅又疏離。畫像佔據壁紙好大一部分，幾乎是等身人像。孩子們問著問題，不過荷妮專心作畫，沒有回答。要到畫作完成，她才要向他們一一解惑。孩子們繼續看著小女孩作畫，看得入迷。荷妮認為自己的作品已經完成了，她盤腿坐起，默默凝視著自己的畫作，隨後開口說起故事。

第五章

在散兵坑睡過一覺後，馬提亞斯走了一整天。那坑裡原有個年輕美國軍人的屍體，他移開後便睡在裡面。他把荷妮留在農場之後，便在黑夜裡遊蕩。他想找個地方藏身，卻完全不想重回那曾庇護他倆的工寮小屋。他精疲力竭又凍得全身麻木，偶然間就發現了這個小夥子的屍體。小夥子一臉驚恐、死不瞑目，手還緊緊抓著佩槍不放。馬提亞斯將他從洞裡移開，讓他躺在幾公尺外的地上，幫他闔上雙眼，自己隨即躺進這另類的墓穴。

他幾乎徹夜未眠，日一破曉便又漫無目的地走。他絲毫不曉得自己該何去何從，也不知道要做些什麼。他生平第一次感到徹底地失了方向，真真正正地迷失了。他完全不知所措。自從遇見小女孩之後，他覺得自己不再一樣了。荷妮[24]——多麼命中註定的一

24 譯註：荷妮名字的原文是Renée，renée在法文中也是動詞renaître（重生）的過去分詞。馬提亞斯在此處是針對「重生」這層意思有感而發。

個名字，想起來又近乎滑稽。印第安老婆婆的面容再度浮上他腦際。老婆婆那時可不覺得這有什麼好笑；她早已預見了一個標誌、一條道路。通向何方？通向那被藏著又忽然顯露而出的命運嗎？他從來沒認真看待希初奇瑪絲的話，常親暱地開她老人家玩笑，把她的預言當作笑話；她也因此把他視為一個傻蛋，腦筋不正常的呆瓜。她其實是可憐他的。她給他起了個「殺很多」的綽號，這綽號很適合他，因為，沒錯，他就是殺很多。

一九三〇年代中，馬提亞斯獨自住在詹姆斯灣北部的森林，靠著設置陷阱，捕捉動物的毛皮維生；因為交易所需，他時常會與遠方的印第安人來往。有一天，他的獨木舟在魯珀特河的阿瓦納急流中翻覆。希初奇瑪絲發現他奄奄一息地臥在河邊的石板上。是馬提亞斯的狗喚起老婆婆的注意，把她引到他的身邊。那時，馬提亞斯的頭骨被擊裂，他發燒了一整個星期，終究是回復了健康。

馬提亞斯走了很久，加拿大時期的回憶一路上閃爍穿過他的腦海，迅捷強烈。儘管他對現狀感到困惑，心中仍有深沉的未知，但他明確知道一件事：自己真的好想念森林。一座真正的森林。這是他五年來第一次，在森林裡待超過以小時計的短短時間，而且沒有人結伴。在布蘭登堡部隊受訓時，他要在森林中穿梭繞行；在韋科爾[25]滲透法國反抗分子時，他也要住在大自然裡。不過，他現在才發現，這些時刻是多麼的稀少。就連獨身自處的時刻，他也極度欠缺。戰爭的這些年，他從未充分意識過這些匱乏，直到這三天——他與小女孩在小屋共度的這三天，他才知道自己缺了多少。

午後，馬提亞斯決定離開樹林，走上一條蜿蜒過田野的泥土路。雪停了，寒意仍然強烈，天空鉛灰一片。他很快就到達了一個小村莊。主要街道上，婦人們將毯子與衣物丟出窗外，男人與孩子在窗下接著，並且一一往推車或篷車裡堆疊。村民們正要逃離德軍攻勢，一片歇斯底里。馬提亞斯一出現，人們便像一群蒼蠅般湧向他身上。一隻瘦骨嶙峋又爬滿皺紋的手抓住他的外套，一個滿臉通紅的粗壯男子拉著他的肩膀。淒厲的女聲從四面八方湧來。「感謝上帝！你即時抵達！」「德國鬼子馬上就要來了！」「救救我們，保護我們！」人群哭泣，人群悲鳴。人們伸長雙臂，將懷中的孩子呈送到他面前，彷彿他是教宗，或是基督救世主親自降臨。然而，對於他們的請求，他絲毫無能為力。

過去好長一段時間，他都沉醉在這些愚弄人的時刻裡：心地良善、輕信於人的群眾將他視為解放者，把他當作英雄在接待。一旦卸下偽裝，他就要激起崩潰與恐慌；在那之前，他會盡情享受這些熱烈歡騰。當惡以善的容貌出現，便獲得一個全新的面向；惡變得沒有對手，也毫不留情。

此時，面對這些人，站在這村子的廣場上，馬提亞斯卻不再覺得有趣。他大可以舉槍威嚇、用自己的母語對他們叫囂幾句，看著他們暈頭轉向，臉上閃過那不可置信的表

25　譯註：韋科爾（Vercors），為法國東南部的一系列高原與山脈。二戰期間，由於此地的高山與森林為良好的天然障蔽，韋科爾的馬基（Maquis du Vercors）以此處為基地，領導法國抵抗運動，抵禦德國侵略。

情，直到他們低下頭、將手舉在頭上為止。但是，他累了。

混亂之中，有名男子問道：「只有你一個人嗎？」

馬提亞斯一回答說是，每個人都往身後一退，原先在他雙手、臂膀與衣服上抓爬的手掌，全都撤了開來，好像突然發現馬提亞斯得了瘟疫一樣。他獨自一人，無法保護他們抵禦敵軍的攻擊。他對他們來說，一點用也沒有。一知道這消息，人們便都回頭準備離家的行李，幾個婦人留在原地，站在他附近，以同情的目光盯著他看。有位年輕貌美的女孩湊上雙唇，在他臉頰留下一個深長的親吻，彷彿他是一位將要上場競技的古羅馬戰士。她豐厚的雙唇濕潤又溫暖，這觸感跟著馬提亞斯好久好久。馬提亞斯離開了村子。

他直走向前，往村民口中所說的德國部隊方向走去。他要回到自己的部隊。沒錯，這就是他該做的。毫無疑問，他們會幫他簡報當前的情勢，他會繼續自己的任務，重回疤面煞星的手下，依隨戰事跟著他四處行動。馬提亞斯知道，這傢伙狡猾又大膽，詭計多端的他，肯定能找到一個好玩的法子來結束這場戰爭，即便戰情發展真的很不樂觀，他也有辦法讓部隊免於潰敗的命運。

過沒多久，馬提亞斯聽到裝甲車引擎的轟隆聲響，隨即看見土堆後頭的頭盔。馬提亞斯一直覺得這些頭盔滑稽可笑，有著大大的帽簷，完全圈繞住脖子也蓋過額頭，註定讓戴的人看起來又蠢笨又兇惡。即便是甘地，只要這頭盔往他光禿的頭上一戴，也會像個邪惡的白癡。馬提亞斯待在馬路中央，準備等到部隊一看見他，便卸下自己的美國頭盔。這是斯科爾茲內手下的間諜與其他帝國士兵之間的暗號：「我是你們的人，不要開槍。」步兵們靠近了，個個抬著頭，雙眼藏在醜陋的金屬帽簷下，他們的臉像極了一張大開的蠢嘴，教人無法區分兩者的差別。突然，馬提亞斯跳入一旁的壕溝，在溝裡匍匐前進，躲到一群冷杉樹裡。他不想再與他們有任何瓜葛。他決定要留在這裡，一個人，好讓自己靜一靜。他躲在藏身處，看著灰綠的部隊經過，一雙雙軍靴踩踏著地。即便在這荒蕪的鄉下，他們依舊節奏分明地前進，背桿打得直挺，簡直像在布蘭登堡門前接受元首閱兵。

夜色將近，走著走著，步伐把馬提亞斯帶回小屋。他打開門，仔細查看屋內，發現東西被移動過，有人曾經來訪這裡。馬提亞斯在壁爐裡生火，準備煮松針葉為湯，取出口袋裡最後那幾片口糧餅乾。馬提亞斯正吃著這粗食果腹，卻看見牆角有個色彩鮮豔的東西躺在那裡，吸引了他的注意——是荷妮的圍巾。帶著紅綠條紋的圍巾。那色澤實在過於醒目，他那時不得不把它從荷妮身上給抽了下來。馬提亞斯撿起圍巾，湊近臉上。潮濕的羊毛裡浸滿了那孩子的氣味。那氣味很乾淨，非常的自然，是非常「身體」的氣味；不過，這氣味裡也帶著粉，彷彿是從嬰兒時期留下來了什麼，散發著某種久遠的爽身粉香氣。小女孩的臉忽然在馬提亞斯的腦海中浮現，快速轉換著各種表情，那讓人敵意全消的天真率性，能夠瞬間變成一副凝重嚴肅的樣子。這種強而有力又難以理解的特質，馬提亞斯從未在其他人身上看過。

荷妮。他察覺到一股無法抑制的渴望，好想要看著她、聽她說話、感覺她就近在身旁。萬一農場被派佩爾[26]的人給拿下該怎麼辦？馬提亞斯所屬的滲透部隊，任務是替「正規」軍隊創造有利的情勢，協助阿道夫・希特勒那駭人聽聞的納粹軍團進攻。在這些納粹軍官之中，約亨・派佩爾是個舉止文雅又偽善的禽獸，還當了幾年希姆萊[27]的副官。這時候，軍團應該在不遠處。派佩爾先前已在東方戰線屠殺了為數眾多的平民與猶太人，如今又接到命令說不必拘泥小節。在這次狂暴的攻勢中，希特勒肯定想要他殘酷、堅決、全心地去報復，像是納粹崇拜的先祖神祇[28]那樣，他們扮演諸神總像孩童玩遊戲一般認真投入。馬提亞斯套上外套，滅了爐火，離開小屋。

26　譯註：約亨・派佩爾（Joachim Peiper，一九一五—一九七六），納粹德國時期，著名裝甲部隊指揮官，經歷過法國、義大利、諾曼第與阿登等主要歐洲戰場，並於阿登戰役後獲頒勳章，以二十九歲之齡，成為納粹德國最年輕的旗隊長（SS-Standartenführer）。

27　譯註：海因里希・希姆萊（Heinrich Himmler，一九〇〇—一九四五），為納粹德國的重要政治頭目，曾任內政部長與黨衛隊首領。二戰末期與盟軍談和失敗，於拘留期間服毒自盡。

28　譯註：此處應指日耳曼神話中的神祇。依據其神話的末世觀點，世界終將會滅亡，諸神會相互征戰，而在世界滅亡之後，殘存的神會建立起新的世界。此神話體系隨日耳曼民族遷徙而傳播，北歐神話即為日耳曼神話的一支。

第六章

荷妮完全適應了帕凱農場地窖裡的氛圍。一如往常，她很快就明白這裡的一切是怎麼「運作」，知道誰是誰、誰是做什麼的。她和其他小孩處得不錯，他們很欣賞她說故事的才華，她邊說邊演，運用豐富的想像力，以動人又詼諧的方式，演活各式各樣的角色。她其實帶著這些小朋友，擺脫了幽居在地窖裡的無趣。一直以來，荷妮習慣待在室內，被禁止外出，被要求不要製造噪音；她知道要如何在這些限制中消磨時間。

老吉娜特對荷妮尤其親切，她不會錯過任何一個能把荷妮抱上大腿，唱歌或是說故事給荷妮聽的機會。荷妮靠在老吉娜特身上便感到特別舒適，很安全又非常平靜，因此常讓她昏昏欲睡。儘管荷妮覺得法蘭絲瓦很可憐，但是荷妮不喜歡她，因為法蘭絲瓦不喜歡荷妮。尚時常劇烈咳嗽，讓大家都睡不著覺。他也常常在發燒，大哭大鬧。當尚難得想與其他小朋友玩的時候，法蘭絲瓦會阻止他，把他緊緊抱在懷裡。

那群美國兵到農場時鬧得沸沸揚揚，之後倒表現得挺不錯，對民眾恭敬，也熱心服務。丹總在珍的身旁打轉，帶著一口顯眼的燦笑，露出過多的牙齒。因此，朱爾・帕凱用不怎麼友善的眼色看著他。珍完全沒做什麼去鼓動這美國人，反而是常以輕蔑的眼神瞪著他，做出要他離遠一點的手勢，或是模仿起維斯塔貞女[29]被惹怒的模樣，要他滾回原位去。

荷妮努力克制自己，不要再去想著德國士兵。她的士兵，她在心底悄悄地這樣叫著他。她之前從未覺得有什麼事是明確無疑或不會變動的，但她漸漸開始相信，這個男人會永遠守護著她。荷妮搬進亨利與馬賽爾兩兄弟家之前不久，有個名叫瑪芮的十歲女孩，來到瑪特修女的城堡裡。瑪芮總是重複不停地說，她以前的老師很快就會來接她，因為老師非常愛她。瑪芮對所有人說，艾莉絲小姐（荷妮還記得那老師的名字）會帶她回家，艾莉絲會當她的媽媽，直到她真正的媽媽回來找她。艾莉絲小姐從未在城堡現身露面，但是瑪芮仍持續懷抱希望，做著不切實際的幻想，最後惹惱了荷妮。荷妮無法理解，為什麼大人不跟瑪芮說，這一切都是愚蠢的想像。應該要幫幫瑪芮，應該要告訴她真相，所以荷妮做了大人無法下定決心去做的事。所有的小朋友都聚集在一起的時候，荷妮當著大家的面，跟瑪芮解釋，她不該再相信這些蠢話，艾莉絲小姐是不會來接她的，就算只是來跟她打聲招呼，艾莉絲小姐也是不會來的。那可憐的孩子哭得唏哩嘩啦。荷妮拉著瑪芮的手臂，安慰著她；但是荷妮還沒有完，她要瑪芮明白另一件事：她的爸媽肯定也不會來，他們也許在很遠的地方，不然就是死了。瑪芮先是盯著荷妮看，好像荷妮是魔鬼一般，接著使出全身的力氣，開始往荷妮身上打，直到一位修女前來把她們兩人隔開。

為了教訓荷妮，有四個星期日，他們都禁止她出去散步，作為懲罰。這樣不公平的事，令她無法理解。就算真相如此難承受，也不該因此懲罰說出真相的人。沒有人會來認領瑪芮。從來就沒有人來認領過任何一個孩子。

光線從敞開的門口照進來，朱爾．帕凱就著光在烘焙間裡劈柴。突然間，光線消失，朱爾什麼也看不見，差點砍斷自己的膝蓋。他滿口粗話咒罵，轉身一看：門口站著一個高大的身影，漫不經心地倚在門框上頭。有個人竊佔了他的光，那個他不認識的男人，悄無聲息地看著他在自己的烘焙間劈他自己的柴。又是那群該死的美國佬。朱爾抓緊斧頭的把手，打量著眼前的男子。男子說道：

「小女孩是我帶來的。」

嗯。不過，把小女孩帶來，這樣就有資格可以像蛇一般潛入帕凱的農場嗎？朱爾花了幾秒鐘才注意到，這傢伙說著一口完美的法文，雖然帶著腔調。

「那又怎樣？」朱爾回答，手中的斧頭仍舊緊緊抓牢。

「她還在這嗎？」對方問。

29　譯註：維斯塔貞女（vestale），為古羅馬灶神神廟的女祭司，必須守貞與供奉神祇至少三十年，主要任務為守護神廟中的聖火不被澆熄，亦稱為護火貞女。

「嗯，沒錯，不然你想要她在哪裡？」

喔不！她不在這了，我把她轉交給一個不怕被槍斃的鄰居了！真是個自以為是的傢伙！

「我想要看她。」

「我農場裡有你的同伴。」

「我知道，路上有哨兵。」

他媽的！上哨的可是高大黝黑的麥斯，他行事不僅機靈謹慎，而且總是小心翼翼。

朱爾看著馬提亞斯，從頭到腳打量一回。這個美國佬，可不能和他鬧著玩。這士兵微微笑著，他那清澈的眼裡閃爍著一絲揶揄的目光，看了讓朱爾覺得喜歡。

「來吧，大家來認識認識。」朱爾說道。

馬提亞斯發現農場已被同盟國軍隊給佔領時，滿心躊躇遲疑。他一邊拖延等候，下不了決定，一邊想著當自己一進入農場裡，該怎麼做才好。前一晚，他沒先設想過這個問題。他只知道自己想待在荷妮身邊。其他事情，之後再考慮。但是現在，事情複雜了起來。荷妮自然會掩護著他，不會揭穿他的身分。這點馬提亞斯毫不懷疑，荷妮不會主動背叛他。不過，在出乎意料的情況下，人的情感可能導致一些無法預見的後果，對於一個如此年幼的孩子，更是如此。反覆想了一個小時之後，他停止再想，潛入院子。讓哨兵分神片刻，簡直像玩小孩子的把戲。

馬提亞斯覺得這家的父親人不錯，他說話大聲、身強力壯、滑稽有趣，馬提亞斯立即明白他是個勇敢的男人。在緊張危險的情境裡，馬提亞斯能夠瞬間辨認出勇敢的特質。沉默中，兩個男人爬上臺階，穿過院子，走進廚房。

一進廚房，四把槍便對著馬提亞斯瞄準。美國人用懷疑的目光打量著他。這很正常——他們知道有格里芬行動這回事。之前在路哨通關，馬提亞斯就已經與美國人應答過不少問題；好在那時漢斯沒有結結巴巴地說起他難聽的巴伐利亞腔英文，他才得以順利無礙地脫離險境。

他們要馬提亞斯坐下。派克走上前，他隔著眼鏡仔細觀察許久，才開口說話。馬提亞斯說著一口道地的新英格蘭口音，配上他的體格相貌，再擺出一副家世良好的大男孩應有的言行舉止，一切相襯得宜；他這樣道出虛構的身分：馬修・魯尼，服役於第三十步兵師，生於麻薩諸塞州波士頓市。他說自己因為母親來自魁北克，所以法文講得流利。派克稍微放鬆了點，對著馬提亞斯瞄準的槍管也隨之撤下。朱爾趁著氣氛緩解之際走進地窖裡。珍與蓓特早就隱約聽見外頭的騷動；看見朱爾回到地窖，她們心中的不安緩解不少。朱爾跟她們說，那個帶來荷妮的軍人回來了，美國人正在審問他。珍嚇了一跳。荷妮人在不遠處，正跟露伊絲在擲距骨[30]玩，她也聽到了朱爾的話。那些話如同衝

30 譯註：擲距骨是歷史悠久的兒童遊戲，通常是將羊或其他動物的的後脛距骨當作玩具，往上拋後再用手背接下。如今遊戲中的距骨已被金屬、塑膠製物取代。

擊波般撞擊著她。胸口有著什麼在裡頭緊緊揪著，心臟幾乎就要停止跳動。回來了。他回來了。農場現在可是塞滿了美國人啊。為什麼？為了誰？難道還不是為了她嗎？

「他們為什麼要審問他？」蓓特問道。

「他們怕他是個假貨。」

「怎麼回事？假貨？」

珍的話裡帶著焦躁與不安，這情緒她父親全看進眼裡。

「嗯，就怕他是個偽裝成美國人的德國鬼子。這樣的假貨，似乎有很多。」

大家都被嚇壞了。這些混帳的壞主意真的無窮無盡。珍當面見過他，她知道他是個貨真價實的美國人。大家在閒扯的時候，荷妮爬上樓梯，悄無聲息地走過走廊。廚房的門半開著，荷妮看得到馬提亞斯。他英語說得沉著冷靜，那樣的神態，荷妮從未在他身上見過。他非常放鬆，嘴邊展示著一種獨特的微笑，那是貓的微笑，荷妮心想。他的舉止更為穩重、更加流暢。當他說起英文，連聲音也變得不同，變得稍微低沉、模糊了一點，聽起來多了一絲絲恍若溫柔的微妙差別。但是，沒錯，這就是她的士兵。

派克要馬提亞斯背出加拿大的所有省份，馬提亞斯毫無困難地一一背出。當他背到薩斯喀徹溫省，發現了荷妮。他沒有看到她，而是感覺有道黝黑的目光從門縫射到自己身上。他稍稍停止說話，轉頭面向那目光。美國士兵們也轉過身，查看究竟是什麼吸引了他的注意。門打開來，荷妮走進房間，走向馬提亞斯，在距離他兩公尺之處停了下來。她完全無視圍在他們身邊的這些武裝士兵。馬提亞斯喉頭一陣哽咽。這小女孩的確讓他陷入一個古怪的情境，也使他做出一些荒謬的事情，例如自投羅網，走進這農場裡。不過，這一點都不重要。他可是比這所有的美國佬都還要聰明，或許，要把他們的隊長派克排除在外，那個人似乎忘了要怎麼當笨蛋。馬提亞斯的視線看進荷妮眼裡，繼續誦念著省份：新斯科細亞省、安大略省。他近乎呢喃地念著，看似是為了她而念，每個名字彷彿都有一種能夠安撫她的力量，告訴她說：「現在，我在你身邊，一切都很好。」曼尼托巴省、魁北克省、亞伯達省。這些異國情調的名字以深沉的聲音，規律且連續地念出，形成一種奇特的樂曲，帶給荷妮寧靜與喜悅。小女孩與士兵兩人身上散發出一種磁場，那些美國人似乎都被這股能量所吸引。派克決定是時候該要打破這魔咒。

「夠了，馬修。很抱歉。但是，萬事求小心，絕對不會錯……」

「沒關係。」馬提亞斯重拾貓一般的微笑，接著回道。

他們一個個依序走下地窖。在這陰暗的洞穴裡，馬提亞斯第一件注意到的事，是那美麗女孩眼裡躁動的目光，那女孩前天在農場裡接待他。現在她心神不寧，這場騷動讓她焦躁不快。馬提亞斯猜想得到，等這位少女從隊伍裡認出自己，她的心神思緒就要掀起一場風暴。她大概幾歲呢？十七、十八歲？一張鵝蛋臉，意志堅定，帶點固執，深色的頭髮潦草地以髮髻綁著，身體修長卻扎實，可以猜想得到，那脂肪層下藏著結實有力的肌肉。

士兵回到他們的地窖裡安頓。馬提亞斯坐上麥稈墊，一旁是那個頭部受傷的士兵，在睡夢中輕聲呻吟。丹走過來，一屁股坐在馬提亞斯附近，纏著他嘮叨了半個多小時。聽著丹不停地講，馬提亞斯身子輕輕地搖晃起來，他的聲音單調又帶著鼻音，詳盡敘述著諾曼第登陸的細節。馬提亞斯睡著了，丹還在喋喋不休。

夢中，他在北方的森林裡，頂著北風前進，風的主人裘添狩[31]帶來了獵物。馬提亞斯追逐著一隻麋鹿的足跡；他的雪鞋[32]深深陷在雪裡。抵達山頂後，他看見那動物安然地坐在那裡。不過，有個地方出了錯：麋鹿背對著他。不能朝背對著你的動物開槍。牠必須面對獵人，透過眼神的交流，把自己交出去。死亡理應如此降臨。然而，馬提亞斯卻把槍上膛，瞄準了牠。麋鹿緩緩轉過頭來，一個巨大的爆裂聲吸引了馬提亞斯的注意，他撇過頭去。當他再度瞄準，處在瞄準線上的不再是麋鹿，而是荷妮。荷妮站在他面前，以一種難以形容卻又鮮活生動的神情盯著他看。瓦潘米斯克，一個偉大的克里族獵人，曾經跟他解釋過，有時候，獵人沒有命中獵物是因為牠還命不該絕，也因為牠的本領比獵人還強。在這種情況下，就必須在生命面前鞠躬低頭，啟程回家。印第安人的這番話，對當時的馬提亞斯來說，一點道理都沒有；但現在的他知道，沒有什麼是比這番話還要真實的。然而，馬提亞斯的槍射出子彈。他發誓自己沒有扣下扳機……血漬在荷妮的胸口不斷增長。小女孩看似驚訝，那訝異的表情隨即化為一陣巨大的悲傷。

他突然從夢中驚醒，滿身是汗。一個細弱的童聲唱著兒歌：「我們不再去樹林，月桂樹被砍斷……」[33]他轉過頭，就看到她。她哄著自己的布偶，坐靠在馬提亞斯身旁。他瞬間感到如釋重負；他想緊緊抱著她，但他辦不到。她對著他笑。

「你做了惡夢。」她說：「你剛剛在說話。」

荷妮睜大眼看著他。他在夢裡說了德文嗎？有可能。他瞧了一眼身邊那位頭受傷的士兵——他好像一直深陷昏迷之中。這邊沒有任何危險。

「我們要待在這嗎？」荷妮問道。

「對。」

「要睡幾晚？」

「我不知道。」馬提亞斯回答。

她拿問題來煩他了。她在小屋不曾問過這種問題。他人在這裡就已經很不錯了！而且，他又不能收拾打包就把她帶走！再說，離開之後要去哪裡？但另一方面，他們也不

31 譯註：裘添狩（Chuetenshu）在加拿大克里族（Cree）原住民傳說中，是代表北風的神靈，掌管降雪，也是動物的主人。克里人相信獵物是由裘添狩所賜，自願送上門；因此獵人不該濫殺，也應妥善分配利用每吋皮毛血肉，否則會招致懲罰，或被北風凍死，或者再也獵不到動物。

32 譯註：雪鞋是一種大尺寸的長型鞋具，可藉較大的面積分散人體重量，避免行走時完全陷入雪中，在積雪深、有經常性降雪地區廣為人所用。傳統材質為硬木框架配以生牛皮綳製的網，現代雪鞋則使用輕質金屬、塑膠、化學纖維等材料。

33 譯註：法語兒歌〈我們不再去樹林〉（Nous n'irons plus au bois）。

能一直等，不能等到美國佬發現這場騙局，也不能等到他的德國同胞突然來到農場。這情勢真是令人難以置信，沒有任何出路可循。馬提亞斯猛然意識到這困境。沒有他的幫助，荷妮活著走出這場戰爭的機會還高得多。比起跟著馬提亞斯四處奔逃，她一個人待在朱爾・帕凱的農場裡，要來得更為安全。他回來找她的時候，只依著自己的直覺行事，全然自我中心的反應。荷妮嚴肅地看著他；她感覺得到那些攪亂著他的疑慮，她把手放上他的胸口，想將她的熱情與信心感染給他；然而，他不為所動，逕自坐起身來。

「好了，快去玩吧。」他冷冷地對她說。

荷妮站起身，轉身正要離去。馬提亞斯有些自責，叫住她說：

「誒！荷妮！幫我找些咖啡來……」

小女孩的臉色一亮，隨即歡快地碎步跑向珍；珍正忙著整理老瑪賽兒的臨時床位。荷妮一離開馬提亞斯身邊，丹隨即出現，坐上她剛才待著的位置，好像是在監看著那孩子等她走開一樣。馬提亞斯察覺了這美國人臉上的表情，那不耐的神情，早在珍看著馬提亞斯走進地窖時就佔據了他的面容。這美國佬喜歡珍，但是珍不喜歡他，珍喜歡的是馬提亞斯。這種情節通常無法善終，只會給這早已複雜難解的處境添上更多亂子。馬提亞斯喜歡珍嗎？馬提亞斯迴避著，不去想這個問題。

「你在哪裡找到那個小女孩？」丹笑著問。

「是在斯圖蒙，一個神父抱給我的。」

丹做了一個古怪的表情，好像很難接受這答案。他接著一臉狐疑地看著馬提亞斯，但馬提亞斯沒再對他多說什麼。真是失策——馬提亞斯與荷妮之間那強烈又靜默的關係，已經招來不少的好奇，也激發眾人的想像，再加上籠罩在馬提亞斯身上的謎團，更使一切看起來像帶著危險的祕密。丹話鋒一轉。

「你去過諾曼第，所以，是跟第三十師去嘍？」

「是啊，莫爾坦，三一四丘陵，就這樣。」

「他媽的……那裡怎樣？」

「過程漫長，尤其是快要結束的時候。」

這回答略微單薄，但也讓丹笑了出來。傳說中的莫爾坦，從那裡回來的傢伙都成了英雄，即便是德軍也會同意——在一座丘陵的頂峰上困了五天，抵禦德國納粹軍團的攻勢——他們被稱為「羅斯福的納粹軍」，可不是沒有原因的。馬提亞斯救了猶太小女孩，地窖裡的人們個個早已覺得他身上帶著神聖的氣息，現在莫爾坦的經歷又賦予他一個更為閃亮、近乎炫目的光環。神經大條又腦袋混沌的丹，無法決定自己應該要崇拜，還是要討厭這個男人。珍熱切地望著馬提亞斯；誰都看得出來，這女孩已經把他視為活生生的偶像。丹仔細地看著馬提亞斯：他抽著菸，雙眼潛在霧浪裡面，彷彿出神忘我在一個像丹這種人永遠都進入不了的世界。丹決定要討厭他。

他倆身旁那頭上裹著布的傷患開始咳起嗽來，他似乎呼吸困難。馬提亞斯俯身查看，見他整臉通紅、汗流滿面。馬提亞斯示意丹幫忙把這受傷的傢伙給抬起來；他們將他的上身打直，方便他呼吸。把他安置得更為舒適之後，他們又坐了下來。

「我有表兄弟在渥太華。我呢，則是俄亥俄州人，我爸媽有個農場。」丹邊說嘴上還掛著一個孩子般的微笑。

馬提亞斯面無表情地看著他。可惜！這傢伙在玉米田裡與枯瘦雞隻作伴的苦難童年故事，是無法動搖馬提亞斯的。這些故事，他已熟記在心，總是《憤怒的葡萄》[34]配上像他一般的傢伙。這個丹體現了正統的美式自滿：丹這種人在公車上不會與黑人比鄰而坐，認為屠殺印第安人來換取一小塊微不足道的土地是件值得的事，卻同時認為自己是正義與自由之師、是善的化身。這種人沒什麼好同情的。丹讚頌著他那個暴力的酒鬼老爹，表揚著他那被平底煎鍋打得神智不清的媽媽；他描繪完這幅滿溢著他年少時光的農場風情畫，開始抱怨起住在帕凱農場裡的人，說他們不夠感謝他們的解救者：「馬修老哥啊，還不是為了把這夥人的小屁股從德國佬的手上給救回來，我們大家才被派到這種偏僻的地方。」馬提亞斯只微微點頭示意。丹正要起身離開，不再打擾馬提亞斯的時候，又改變了主意，邊偷笑邊看著馬提亞斯。

「你們把聖杯帶到了蒙特婁！」

聖杯……這個蠢貨究竟想說什麼？馬提亞斯臉部一陣脹熱，雙手冒出汗來，大腦開始全速運轉——聖杯、蒙特婁，快點搞懂。馬提亞斯仍舊一臉冷漠，他被訓練要如此反應，但是心中卻是一片沸騰。聖杯，獎杯……運動。啊，對了！答案忽然落進他腦袋裡。這個白癡想說的是史丹利杯，四月的時候被蒙特婁加拿大人隊給贏走！但是馬提亞斯遲了一步，丹代他回答：

「史丹利杯，別跟我說……」

「啊，是啊，曲棍球。」馬提亞斯說得隨便，彷彿他不感興趣一般。

「理查[35]現在是個英雄了。那球多關鍵啊！該在聖羅蘭大道上幫他立個雕像。」

美國佬一臉懷疑地盯著馬提亞斯。珍和荷妮帶著熱騰騰的咖啡回來了。

「啊，咖啡！」馬提亞斯歡呼喊道。

「別妄想了。」珍說：「這是炒菊苣根[36]。」

「我們打仗時還喝過更糟的咖啡！」

珍大笑開來。丹看著珍，眼裡帶著一種攙雜嫉妒的失落感。看著這美麗的害人精被

---

34 譯註：《憤怒的葡萄》（*The Grapes of Wrath*），美國作家約翰・史坦貝克（John Steinbeck）於一九三九年出版的長篇寫實小說，著重描寫貧苦勞動者的生活，小說甫一出版即廣受注目與爭論，隔年獲得普立茲小說獎。此書的文學成就，亦為史坦貝克於一九六二年獲頒諾貝爾文學獎的主因之一。

35 譯註：墨利斯・理查（Maurice Richard，一九二一—二〇〇〇），加拿大籍曲棍球球員，是史上第一位在單一賽季中創下五十次得分記錄的球員，被譽為國家曲棍球聯盟（National Hockey League）史上百大傑出球員之一。

36 譯註：菊苣根（la chicorée），菊苣根經烘烤，磨成粉末沖泡，即成為常見的咖啡替代品。

馬提亞斯逗得哈哈大笑，而她卻連個微笑的影子都不願給他，看得丹氣到發狂。荷妮自豪地遞上一杯咖啡給馬提亞斯，珍則是匆匆地把咖啡交給丹，她給得太過匆忙，咖啡差點燙到了丹。

荷妮站在他們兩個男人附近，珍則繼續將飲料遞給其他人。丹撥弄著荷妮的頭髮，試著擺出一派輕鬆的模樣。荷妮馬上離開丹的身邊，坐進馬提亞斯與那傷兵之間的狹小空隙。

「馬修，我問你一件事。」丹說道，臉上一副油滑狡詐的樣子。

馬提亞斯只把頭轉向他，繼續喝著咖啡。天啊，這傢伙實在是有夠惹人厭！他與馬提亞斯說話的方式，好像兩人以前曾在他那窮困的農場裡一起養過豬一樣。他到底什麼時候才要放過他？

「你是為了誰回來的？大的那個，還是小的那個？」

馬提亞斯臉上浮出一個輕藐的微笑。丹也跟著笑了起來，一副我知道你在想什麼、還帶點淫猥的神色；那表情，是哥們之間聊起翹臀與美穴浮出的嘴臉。突然間，馬提亞斯覺得這一點也不好笑，還感到一陣厭惡。如果可以，他想把丹的嘴壓在身後那面粗糙的牆壁上，像塊乳酪般地狠狠將它給碾碎。然而，馬提亞斯只是聳著肩，望向遠處。

「射進最後一球的是足尖布雷克[37]。」他輕描淡寫地說道。

「什麼？」丹懊惱地問道。

馬提亞斯從口袋拿出包菸，點了一根，便深深吸了一口。丹仍是一臉蠢笨地看著馬提亞斯。

「聖羅蘭大道上……的雕像……立的應該要是他。」

馬提亞斯字咬得非常清楚，彷彿是在跟個聾子說話。

「我真是蠢！是布雷克沒錯。」

荷妮注意到那個什麼獎杯的事，讓馬提亞斯一時間不知所措；她那時非常害怕。還好馬提亞斯後來反將了丹一軍，真是討厭的胡桃鉗士兵！荷妮身旁的年輕傷兵醒了過來，他跟她說起話，輕撫她的頭髮。見他一副開心的模樣，荷妮就沒有阻擋，即便她不太喜歡這樣。馬提亞斯站起身來，去見派克中尉。他是對的，荷妮心想。既然無法跟丹處得來，是該要去做些什麼，好討得隊長的歡心。派克與馬提亞斯泰然地坐在馬鈴薯的袋子上，在村民待的地窖裡聊著天。四下一片寧靜祥和：蓓特與希多妮在玩牌，老瑪賽兒時不時笑開嘴，露出裡頭空空的牙齦。荷妮很喜歡地窖裡的氛圍；但是，她知道自己即將要離開這裡。她的士兵——那個被美國人叫作馬修的士兵，是為了帶她走而回到這裡。

珍剛剛加入派克與馬提亞斯的談話。她一邊自在地跟他們說著話，雙手一邊舞空比

37 譯註：足尖布雷克（Toe Blake，本名 Joseph Hector Blake，一九一二—一九九五），加拿大籍曲棍球球員，職業生涯中，曾分別以球員與教練的身分，帶領所屬球隊拿下十次史丹利冠軍獎杯，亦被譽為國家曲棍球聯盟史上百大傑出球員之一。

畫。她說完話，馬提亞斯就翻譯，派克聽著頻頻點頭微笑。珍接著更熱情地繼續說話。她究竟能跟他們聊些什麼？荷妮專注地觀察著馬提亞斯，若非如此，她絕不會注意到這些：馬提亞斯把香菸送上唇間的方式，顯得比平時略微亢奮，就連另一隻閒著沒事的手，插進頭髮裡的次數也比平時要來得多。儘管多年的訓練讓他能完全自制，但是他身上那些極其細微的變化，仍舊無一能逃過荷妮的注目。眼前的一切，小女孩一點也不喜歡。危險，這樣太危險了。他們不該在帕凱農場裡久留。

夜幕降臨，大家躺上麥稈與毯子鋪成的床；大家緊緊依偎在一起保熱取暖。燭火、油燈、煤氣燈一一熄滅，有人輕輕咳嗽，有人清理喉嚨，有人在黑暗中悄聲低語，最後終究傳來呼嚕的鼾聲。荷妮與其他孩子躺在一起。就寢入睡的時刻總是特別：那是孤獨的時刻，也是做夢的時刻。這樣的時刻，對荷妮而言，通常是愉快的；但對其他孩子來說，卻是難以忍受。他們會長哭不停，或是被夢魘侵襲。在這些無盡擴張的時刻裡，你會感覺恐懼向上攀升，持續壓迫著你，直到你喘不過氣，感覺快要窒息。這種恐懼，荷妮先前也在城堡裡經歷過，就在那次大規模突襲搜捕之後。這次，她睡得心安平靜。她的士兵就在那裡，離她只有幾公尺遠。

荷妮在半夜醒來，單薄的毯子讓她覺得冷。她悄悄起身，跨過滿床四散的身體，彷彿越過一個個被遺忘在火車月台上的行李。她一路走到「士兵們的」地窖，鑽到馬提亞斯身旁。他平躺著睡，一手在前橫過上身。他感覺到小女孩依偎在他身上，他動了一下；她微微發顫。這一次，他沒有把她推開。他轉身側躺，伸出臂膀環繞著她。他聽著她的呼吸變得緩慢而規律。她睡著覺，嘴裡時不時發出細小的聲息，恍若小貓般的潤耳嘶嘶聲。馬提亞斯把毯子收緊，將毯子邊掖進荷妮身下。

第七章

馬提亞斯睡在希初奇瑪絲的帳篷裡，在生死之間來回了好幾天。他時不時從昏迷中醒來，這時就會瞥見一位女子進進出出，另一位女子則照料著他的傷勢，她的臉龐與他的臉面貼得很近，她的呼吸吹拂著他滾燙的額頭。有時候，是希初奇瑪絲，她一邊繡著長衫，一邊看護著他，嘴邊唱著一段段單調的旋律。平時，這旋律總讓馬提亞斯煩躁。有時候他走近狩獵營地，會聽見印第安人哼唱這種小調，他的狗克哈克這時便要開始像隻狼般嗥叫，而這古怪的音樂也讓他陷入濃稠的憂鬱之中。印第安人養的狗，那些狗不會對這音樂叫。不過，牠們可能只是怒在心裡，沒有叫出聲而已。馬提亞斯不禁覺得，這曲子是陣無止境的怨言，而且，這還可能只是眾多抱怨的其中一段而已……這些紅皮膚的人當然有充分的理由可以譴責他們的神靈曼尼圖[38]：他們還活得像在史前時代一般……馬提亞斯完全不認識這些人，也不了解他們的信仰，而且他一點也不想搞懂——至於獵人間相傳的狩獵訣竅，自然是另當別論。畢竟這些土人是懂得狩獵的，至少要讓他們的本領流傳下來才行。

馬提亞斯躺在那裡，癱在熊皮上，毫無氣力，近乎失去意識，只能讓印第安老婦人的聲音滲進他、晃動著他。那些單調長句以打嗝聲斷句，讓他在命懸之際少受了些苦。至於克哈克，牠日夜都臥守在主人身邊，絕不對死亡嗥叫來表達抑鬱。這隻狗兒覺得馬提亞斯脫離險境了，才允許自己出帳篷透透氣。那天，馬提亞斯恢復精神，也重拾了言語，開口詢問的第一件事就是他的狗。老婦人摸了摸肚子，神色陰沉地向他宣告狗已經被吃掉了。馬提亞斯信了她的話，正準備要把她打得稀巴爛，克哈克便開心地鑽進了帳篷。就這樣，馬提亞斯結識了希初奇瑪絲以及她的族人。他們或許還活在史前時代，但已經有了幽默感。

馬提亞斯在克里族的部落中待了一整年。他有生以來第一次，感受到相對地安詳寧靜。「安詳寧靜」這個詞，或許不適合用來形容馬提亞斯平時的心理狀態，即便在他生命沒那麼灰暗的時期，這詞也過於正面。那時他決定離開柏林，前往母親的故鄉魁北克，可說是覺得自己全然揮別了德國那幾年給他的躁動感受。整個德國被一個悲憤激昂的矮傢伙搞得燥熱狂暴，這確實讓馬提亞斯覺得抑鬱。然而，儘管希特勒有能力使他抑鬱，卻無法讓他丟下那對一切失望麻木的性格；那性格，是他人格的基底，也顯露在他

38　譯註：神靈曼尼圖（Grand Manitou）。部分北美原住民族用「曼尼圖」（manitou）指稱連結萬物的超自然力量、天地間的神靈，也可以指單一神靈。加拿大曼尼托巴省（Manitoba）的省名即源自於此字。

反社會的行為舉止之上。這些反社會的言行，惹怒了他父親，之後更使馬提亞斯被父親給拒於門外，也讓他在亞歷山大廣場警察局裡關了數個小時。

納粹主義降臨之前，柏林所提供的各式放蕩酒色，馬提亞斯全都縱情流連，無一錯過：追逐女色、飲酒作樂、逞兇鬥狠與投機賭博。希特勒的政黨企圖根除那些缺陷，好讓可憐的德國能夠浴火重生；馬提亞斯則將它們一一收集起來。在這由國家社會主義分子所允諾的新伊甸園，馬提亞斯這樣的年輕人是沒有容身之處的。人們反反覆覆這樣告訴他，他最終乾脆信了他們的話。某個一月的早上，他不顧絕望的母親，逃去加拿大北部。

然而，在克里族裡頭，他也找不到「自己的位置」。他從不認同著什麼，或是認為自己歸屬於誰，除了這座接近北極的森林。這森林接納了他，而他也適應了它的嚴峻、直率與美麗。他加入一個小型的獵捕團隊，學會了狩獵與設置陷阱的本領，他上手的速度之快，連自己也嚇了一跳。隨後，他離群索居，與一隻狗住在一起。他每年會帶著獵來的皮毛去兩次交易所，然後在自創始之初便未曾改變過的寒冷孤寂中，過著極其粗陋的簡單生活。這樣的毫無變動與杳無人煙，讓他覺得安心。

馬提亞斯錯了。那些收留他的印第安人，他們清楚知道只要人能由衷地去認識這片土地、尊敬它，土地會展現它極為好客的一面，它是會關心人類的。然而，馬提亞斯不像印第安人這樣。一如所有的白人，他胡亂獵捕，對於動物界沒有太多的同情，對於他途中所遇的那些「非人類的人」，也一概如此。克里人認為，這些「非人類的人」，除了動物之外，還有植物、岩石、河水與風，他們每個「人」都是人類命運中不可缺乏的對話者。然而這些「人」，沒有引起馬提亞斯半點重視，唯獨克哈克算是享有他的「同情」。克里族村落的居民對馬提亞斯不抱任何希望，不認為哪天會看見他改變自己的態度，更不指望他會改變他自己對這世界、尤其是狩獵的看法。他們認為，馬提亞斯像是個阿圖史[39]，一種森林裡的怪物，他會吃人、會破壞，具有反社會的本質。只有希初奇瑪絲不顧一切地堅持下去，試著要教導他，而她的努力也不盡然全是白費力氣。老婦人在救治他的時候，就收養了他，儘管那時的他隨時可能死去。這位印第安婦人的獨生子，在捕魚時溺水死去。有人說，這河流有天會還她一樣東西。結果還來了一個愚蠢又兇惡的白人，而希初奇瑪絲接受了他。

因此，馬提亞斯習得了克里族人的語言與謀生的本領，學會依據克里族人的世界觀與信仰體系，設置陷阱並捕捉獵物。他在不自覺的情況下，終於學會以較為平和的方式與同類共存。希初奇瑪絲說他終於從阿圖史的皮囊中解放出來，馬提亞斯冷冷笑著。他身上的怪物一直都在，也會永遠存在。世上所有的印第安人對此都無能為力。他終究離開他們，回到自己的狩獵小屋裡孤獨生活。接著，一九三九年，他回到德國，參加這場

39 譯註：阿圖史，原文為Atuush。

由另一個食人魔舉辦的宴會……

荷妮在睡夢中呢喃低語，緊緊貼著馬提亞斯，臉面埋進他腋窩。曙光初現，遠方陣陣爆炸聲再度響起。小尚一陣狂咳。馬提亞斯聽見院子裡負責巡視的士兵在說話，他身旁還有兩個說英文的傢伙。幾秒過後，他們走進地窖。被驚醒的人們低聲發著牢騷；荷妮轉向馬提亞斯，一臉憔悴的倦容，雙眼累得腫脹。這孩子賴在床上不想起來，讓她多睡幾個小時，其實也無傷大雅。兩位新成員在派克面前立正站好：比較高大的那位，身長應該接近兩百公分，必須低下頭才不會撞到天花板，他是隸屬於第二十八步兵師的下士羅伯特・崔茲；另一位則是上兵喬治攸・馬克白，同樣來自第二十八步兵師。派克沒問問題套他們的話，這讓丹感到不安。派克反問丹說，你沒有聽到那兩個新來的人，他們的名字有多麼不可思議嗎。

「他們要是德國佬，就會給自己取個沒那麼蠢的名字，不是嗎？」

「除非，德國佬很有幽默感。」馬提亞斯接著答道。

地窖裡一陣哄堂大笑，就連當事人崔茲與馬克白也笑了出來。這兩個正直的傢伙奮戰到最後一刻，眼見小村莊被敵人團團包圍，才逃了出來，一路走著走著，直到看見這座農場。據說，德國人是不搞戰俘這一套的。

他們的到來讓朱爾・帕凱不安，像藏身於箱內的整人玩具般躁動難耐。他站在馬提亞斯附近，試著了解外頭究竟發生什麼事。鄉間警察于貝爾跟在朱爾身邊，大力點頭附和。

「德國人把這裡包圍了？他是這樣說的嗎!?」朱爾問道，馬提亞斯點頭稱是。「要是德國人在這發現他們，我們都會被殺光的。他們必須離開，我得叫他們離開才行。」

朱爾提到美國人的時候，沒說「你們」；不論是有意還是無心，他都沒把馬提亞斯算進去。是因為他心中隱約懷有猜疑？還是他逐漸察覺到馬提亞斯身上那種殊異性，即便那殊異性的特質微小到讓人難以感知？帕凱異常激動，但他發火是沒什麼好大驚小怪的。馬提亞斯觀察著他，眼看怒火燒在這農場主人身上；他開始大聲叫罵，鄉村警察于貝爾一副信誓旦旦的模樣，像鸚鵡般重複著朱爾的每一句話，兩人彷彿在唱雙簧。看著于貝爾邊聽朱爾說話，邊對自己投以那尷尬又偽善的目光，馬提亞斯確信，于貝爾不僅是個馬屁精，還是個偽君子。

朱爾想把他們全都給轟出去。

「這是我的地窖！」他抓狂似地大聲叫喊。

美國人開始側目看著他。他們緊張了起來。馬提亞斯把朱爾帶到一旁，跟他解釋說，派克中尉不是那種可以被打發走的人，你必須冷靜下來，否則那些士兵終將一腳踹上你的屁股，或是讓村民們過得痛苦萬分。派克一臉狐疑地走近朱爾與馬提亞斯。

「他說什麼？」派克問馬提亞斯。

「中尉，他覺得不安全。他說應該要安排更多輪的夜哨，站哨的人也要藏身在更隱祕的地方。」

「他是這樣說的嗎？」派克還不太相信馬提亞斯的話，又問一次。

「如果你問我的意見，我覺得他並沒有說錯……」

派克盯著馬提亞斯與朱爾看，朱爾重拾一臉親切和善的模樣。中尉一邊思量馬提亞斯的話，一邊附和稱是，隨即返回地窖深處，給麥斯和丹下命令。馬提亞斯發現荷妮已悄悄鑽到他身邊——每當情勢變得緊張，感覺危險將至，她都如此反應。荷妮牽著馬提亞斯的手，望著朱爾。她真的很特別，這個小女孩，她身上有種不可名狀的東西，讓人覺得安心，又令人感到憂慮，有點像是吉娜特……沒錯，就像是年輕時的吉娜特，那時的朱爾，還只是個穿著短褲的小男孩而已。

一如比利時人的說法，她是那種「特別的」女孩。她生得漂亮，有著奇特的雙眼，讓人覺得她怕生又孤靜。她是吉普賽人的女兒。因為她的生父不詳，獨自將她帶大的母親，直到死前也沒透露她的父親是誰；大夥很自然地傳說，播種的是個吉普賽人，而這也恰好解釋了吉娜特治病與通靈的天賦。她有點像是女巫，但唯有為了幫助別人，她才施展自己的天賦；她敬畏上帝，也會去做告解。

吉娜特四處飄泊，以天賦換取食宿，像一般用土法治病的醫者那樣生活，直到有一天，她探視了一位感染結核病的小孩子。她竭盡所能地治療他，但在她造訪的隔天，男孩卻死了。誰知道，孩子的父母竟認定吉娜特要為此負責——儘管他們很明白自己兒子註定是回天乏術。大家都知道結核病是怎麼一回事，吉娜特也清楚治癒這病的可能性。就算如此，人們仍認為是吉娜特用「巫術」把男孩給害死了。謠言四處散播，傳至整個國境。吉娜特只得落腳在森林邊界的一間破屋，靠著極少的生活必需品過活：一點盜獵來的葷食、兩三隻母雞下的蛋、些許自耕蔬菜，以及少數仍上門尋求她協助的人們所酬謝的物資。

朱爾．帕凱總想確保吉娜特一無所缺，然而她自尊心太強，不肯接受任何施捨，唯有朱爾請她幫忙照顧牲畜時，她才點頭。當德軍發動阿登攻勢，朱爾幾乎是用強迫地把她帶到農場避難。老醫婆不怎麼肯定，自己待在這塞滿著美國人的地窖裡就真的能多活上個幾年；若是在自己家裡，與那兩隻老母雞在一起，她會過得清靜多了。不過，小女孩和加拿大士兵的到來，讓她大感好奇。對那女孩和她的守護者，吉娜特都有特殊的好感，儘管背後的原因截然不同。

朱爾的視線從荷妮的目光移往吉娜特的眼裡：她肯定早就看著朱爾，觀察了好幾分鐘。多不可思議的老婦人！無需言語，朱爾與吉娜特就能互通心意：朱爾若繼續待在那些士兵身旁，事情的發展可能會越來越糟。上一次他話不三思便脫口而出，事情演變成他和兩個德國鬼子鬥毆，還差點把農場給燒毀……朱爾搭上于貝爾的肩膀，拉他到另一個地窖裡去。畢竟，這些美國佬不會在這農場久留；他們離開故鄉，不是為了待在這裡，而是為了解放這裡的人。他們付出自己的青春與健康，好讓那些齷齪的德國鬼子夾著尾巴滾回德國去。得這樣想著才行！即便美國人的手段粗魯，即便朱爾多麼想把泰山的下巴打得圓腫，也得這樣想著！

士兵的地窖裡，大夥圍著崔茲與馬克白，議論紛紛。崔茲從口袋拿出《泰晤士報》，上頭標著：十二月二十日星期三，上頭提到了美軍的近況，還刊在頭版。崔茲大聲念出報導：

「德軍在阿登展開攻勢……」

「阿登？」一個上兵問道。這名上兵很年輕，入伍前八成還是個學生。

大夥向他說道，那該死的阿登，就在你那兩片屁股底下。這個鳥不生蛋的鬼地方，要不是你有幸來到這裡，你永遠也不會記得它在地圖上的哪裡。

崔茲繼續讀報：

「阿道夫·希特勒麾下惡名昭彰的納粹軍團，在比利時聖維特附近與美軍裝甲兵團進行激戰。投降的同盟國士兵與傷兵，恐已遭納粹以衝鋒槍處決。」

沉默。士兵們躲避著彼此的目光，有些人點起了香菸。馬提亞斯觀察著他們：這些可憐的傢伙突然怕得要死。恐懼，巨大的恐懼，納粹是公認的恐怖大師。儘管歷史不是馬提亞斯的強項，但他知道納粹演繹恐怖的才華，無疑是無與倫比、史無前例。馬提亞斯想像著派佩爾處決囚犯時的不屑模樣，在那般陰鬱淒切的時刻，他獻上祭品以求打破魔咒，完美地扮演著他在《諸神的黃昏》[40]中的角色。

「你們有遇過滲透分子嗎？」馬克白問道。

每個人都搖搖頭，表示沒有。馬提亞斯微微一陣竊喜，這些年來他尚未完全擺脫這種陶醉感，這醺醺然的感覺，還是他調劑身心的方式。荷妮往馬提亞斯身上靠得更近了一點。

「那你們呢？」派克接著問。

「沒有。」崔茲回答：「不過，我知道有人逮到三個滲透分子，他們全靠一個愚蠢的把戲。德國鬼子不知道喬・迪馬喬[41]是誰。隔天，他們三個就被槍斃了。」

每個人都開口議論。那些齷齪的老鼠臉，早該被槍斃！什麼？他們竟以為可以全身而退？垃圾德軍！他媽的德國佬！大夥咒罵德軍，罵到詞窮無語、耗盡精力，沉默再度降臨。

「你們知道，他們三個被問到有什麼遺言的時候，說了什麼嗎？」

若是可以說出口，馬提亞斯倒是有個不錯的答案：「願我們的元首阿道夫・希特

40 譯註：《諸神的黃昏》（*Götterdämmerung*），為德國作曲家理察・華格納（Richard Wagner，一八一三—一八八三）所創作《尼伯龍根的指環》歌劇四部曲中的最後一部。歌劇改編自日耳曼／北歐神話、史詩，劇中即呈現了諸神相互爭戰以及隨之而來的末日。

41 譯註：喬・迪馬喬（Joe DiMaggio，一九一四—一九九九），美國職棒球員，曾三度獲選年度最有價值球員、十三度獲選進入明星賽；與知名女星瑪麗蓮・夢露有過短暫的婚姻關係。

勒，萬壽無疆！」崔茲一邊大聲說出這話，一邊做著希特勒式敬禮。然而，沒人笑得出來，只有馬提亞斯滿心嘲諷。馬提亞斯心想，若自己在類似的情況下，會不會結結巴巴地說出這種愚蠢的套語？若是說不出別的什麼，出自於身體的慣性反應，可能會。或者就放聲笑個最後一回吧。

他想起自己加入和平谷部隊，向納粹宣誓的那天。斯科爾茲內那時已纏了他好幾個月，馬提亞斯最後終於妥協。他不再自我欺騙，不再認為身上沒有配戴雙閃電，自己就會比較不齷齪一點。然而這一切，不過是一張紙的正反兩面。荷妮對馬提亞斯快速使了個眼色，派克剛才問了他一個問題，他沒有聽見；荷妮提醒他回到眼前的現實。

「誒，加拿大人，你認為如何？」派克問了第二次。

「德國人確實是這樣。」馬提亞斯答道。

「沒錯，這完全違背了戰爭法。」派克憤慨地斷言。

天真的派克中尉，我們根本不把戰爭法放在眼裡！納粹逾越戰爭法的程度，早已超過了不可饒恕的界線。等他去了奧許維茲或是索比布爾的集中營，他就知道了……

馬提亞斯向派克解釋，他想說的並不是戰爭法，而是說對於納粹而言，結果決定一切，為了達成目標，可以不擇手段。派克細想著馬提亞斯的回答，馬提亞斯則是自覺滿意：至少這一次自己沒有說謊。崔茲再次翻閱著報上的欄位，他突然睜大眼睛，下巴彷彿要掉了下來。

「他媽的，兄弟們！」他脫口喊道：「格倫・米勒[42]死了。」

「誒，崔茲，別鬧了。」馬克白以為這是個玩笑。

「我發誓，我沒有在鬧。他的飛機在從倫敦飛往巴黎的途中墜毀。」

士兵們面面相覷，一副難以置信的樣子。他們接受了這消息後，那些抑鬱的胸膛傳出陣陣的嘆息。有些人在胸口畫起十字。丹的眼睛甚至泛出淚來。格倫・米勒還算不錯，他自然率真、膚色白皙，儀容整潔利落，但稱不上是真正傑出的樂手，而這些大男孩卻把他當作是搖擺樂之神一樣在崇拜。馬提亞斯暗自慶幸，還好死的不是貝西爵士[43]或是比莉・哈樂黛[44]。不過，他們兩個也絕不會飛越英吉利海峽，來慰勞士兵振奮軍心。

地理不太好的傑克唱起了〈心情好〉[45]，大家跟著這位年輕士兵一起哼唱，手指彈起了節拍。

「Who's the loving daddy with the beautiful eyes, what a pair o'shoes I'd like to try'em for

42 譯註：格倫・米勒（Glenn Miller，一九〇四—一九四四），美國搖擺年代的爵士樂樂手，為一九三九年至一九四三年間最為暢銷的錄音室藝人。一九四四年，米勒前往法國為當地的美軍進行演出，其所乘坐的飛機在飛越英吉利海峽的途中消失。隔年，他的遺孀代為收下國家授予的「銅星勳章」（Bronze Star Medal）。

43 譯註：貝西爵士（Count Basie，一九〇四—一九八四），美國搖擺年代的爵士樂樂手與作曲家。

44 譯註：比莉・哈樂黛（Billie Holiday，一九一五—一九五九），美國爵士歌手與作曲家，被認為是二十世紀最偉大的爵士樂歌手之一。

45 譯註：〈心情好〉（In the Mood），格倫・米勒的代表作之一。

size, I'll just tell him "Baby, won't you swing it with me?"」[46]

就連馬提亞斯也低聲哼唱起來。比起上次那不得不放聲演唱的〈游擊隊之歌〉[47]，他覺得這首要來得愉快許多。幸好他有記住〈心情好〉的歌詞，這裡的每個人都會唱，是不是加拿大人沒關係，但要是忘了詞，他面子可會掛不住。丹一邊扯著嗓門高歌，一邊對著馬提亞斯微笑。他微笑，但如同希初奇瑪絲所言：「他眼裡說的與嘴邊掛著的是兩回事。」「In the mood, that's what he told me. In the mood...」[48]

46 譯註：「誰是那位目光優雅的親愛大叔？多麼棒的一雙鞋，我好想套上試試合不合腳。我會告訴他：『寶貝，你不和我一起搖擺嗎？』」

47 譯註：〈游擊隊之歌〉（Le chant des partisans），二戰期間最受法國抵抗運動歡迎的歌曲。

48 譯註：「心情好，他告訴我。心情好……」

第八章

朱爾和三位士兵在玩牌，他控制不住自己的音量，話越說越大聲，他太太蓓特下令要他閉上嘴。希多妮與馬克白大聊特聊，他拿出家人的照片，看得她不只驚呼連連，還伴隨著她慣有的讚嘆：「多麼美麗的小蟾蜍！多麼美麗的小貓咪！」老瑪賽兒裹著暖和的衣物，一邊前後擺晃著身子，一邊逕自呢喃著。蓓特伸手輕搭上她的肩膀，問道：

「阿嬤，還好嗎？」

「不好，肚子空空，什麼都不好！」

「要等到晚上，才有湯和燕麥麵包。」蓓特堅決地回道。

「我一點都不喜歡湯，而且麵包是給傻子吃的！」老婦人大聲咆哮，顯然憤怒到無法自制：「我好餓，餓到可以粗下一個腦藍輪了。」

她話說得好大聲，大聲到所有人都停下手邊的動作，往她的方向看過去。荷妮正和露伊絲玩著唱歌擊掌遊戲，唱到「季勇姆——姆——姆，大壞人——人——人……」時，整個人瞬間僵住不動，雙手停在空中，隨即放聲大笑起來；露伊絲也跟著笑了出來。最先跟著她們齊聲大笑的是朱爾；他邊笑邊拍打著牌友的大腿與肩膀，和他打牌的士兵則滿臉茫然。馬提亞斯看著人們歡樂的樣子，也不懂是怎麼一回事。他開始聽得懂一些瓦隆語了，不過剛才老人家說得太快，他猜不出是什麼意思。荷妮的快樂是如此強烈，讓馬提亞斯感到困惑。這個樣貌的她，他從未見過。同樣讓他覺得特別的是，荷妮在各種情況下，身上都有那種不可思議的衝勁，那就是生命力。

「天啊，阿嬤，這實在是太好笑了！」朱爾放聲宣告，忍不住又往坐在他右邊的年輕士兵的膝上輕拍叫好。

荷妮把瑪賽兒剛才說的話，翻譯給馬提亞斯聽：「我可以吃下一個老男人。」這畫面如此逗趣、荒謬、滑稽又離奇，就跟地窖裡的大家一樣，馬提亞斯如是想著。

事實上，納粹之所以永遠無法成為這世界的統治者，原因在於：他們全然缺乏幽默感，還有，他們也連帶的不懂自我嘲諷。不論大家如何把各種想像得到的缺陷強加在猶太人身上，也不論元首希特勒是怎麼想，就幽默感這點，猶太人之於日耳曼人的優越性，是不容置疑的。當他們身處在那噬人的風暴核心，在那些堪比究極煉獄的情境裡，猶太人仍舊展現他們的黑色幽默；馬提亞斯曾聽過一些流傳在東邊猶太聚落的笑話，他們開著集中營的玩笑，裡頭攙雜著一絲讓聽者背脊發寒的嘲諷。

即便馬提亞斯沒特別欣賞猶太人，他們也沒什麼好讓他不滿的。他對他們的認識實在太少，而他又一向只相信自己親身經歷過的事。關於猶太人這件事，他單純只是沒有明確的想法。總而言之，猶太人的命運和他無關。但是無論如何，可以確定的是，希特勒想把猶太人從地表上根除殆盡，時間根本不夠；五十年內又會有猶太人在四處遛達，向世界提供歡快。不過屆時，笑得最開心的人，肯定不住在德國，因為小鬍子已在國內達成他的目標。

荷妮和露伊絲重拾剛才的擊掌遊戲，繼續唱著剛才的童謠：季勇姆是個大壞人，他吃了三百萬個人，他的太太是皇后，是位臘腸皇后。這位季勇姆一定就是第一次世界大戰的普魯士君王了[49]；在另一首趣味相近的童謠中，他則是跨坐在一頭豬上抽著菸斗——就是這種東西，典型的「納粹不會覺得有趣」的東西。

老瑪賽兒沙啞的嗓音又在地窖響起：她得「去」。又一陣笑聲哄然四射，馬提亞斯認定，她說的「去」，是廁所的意思。蓓特與朱爾攙扶她爬上樓梯。接著，珍走向馬提亞斯，在他附近坐了下來。少女一副倦怠、緊繃又煩躁的模樣；這種不見天日的生活並不適合她——她的身子結實緊緻又充滿活力，生來就是為了在戶外活動。她摸著自己的頭髮，試著梳理整齊，然而卻是徒勞無功：髮絡仍舊絲絲垂落，四散至額頭、太陽穴、腮幫子與脖子上。

49 譯註：這首童謠是比利時兒歌〈大壞人季勇姆〉（Guillaume, le méchant homme）。法文中的Guillaume即為德文的Wilhelm，此處意指威廉二世（Wilhelm II，一八五九—一九四一），末代德意志皇帝暨普魯士國王。

「唉，老人家啊……」她說：「你的祖父母還在世嗎？」

「我外婆還在，在魁北克。」

「你還有去看她嗎？」

馬提亞斯感到不太自在。珍看著他，她目光裡的好奇混著坦率的渴望。她的裙子秀出她的裸膝，也顯露著她的大腿前緣。她身上散發著一種好聞的香味，那是乾草、新鮮奶油以及牛欄馬廄的香氣，那是屬於農場的芳香。在這香氣之下，有種專屬於她的味道，裡頭混雜著她的汗水、陰部與肌膚。

沒有，他沒再見過他的外婆。此外，他也沒再見過任何一位家人，他那又老又蠢的爸爸、他的媽媽、他的姊姊，他全都沒再見過。他的姊姊歌妲，嫁給一名隸屬於骷髏裝甲師的納粹軍官，帶著三個小孩。他們住在某個集中營附近的別墅群中，至於是哪一個集中營，馬提亞斯早已忘了。

「你平常是做什麼的？」珍問道。

「平常？」

「對啊，我是說工作，你都做什麼。」

他忽然好想跟她坦承一切。平常，我殺人，我騙人，我偽裝我自己。平常，我是德國人。他抬起頭來，一雙冷眼注視著她。平常，這樣的眼神是會讓所有人都緊張起來的，然而珍卻不是如此反應：她嘴唇逕自微張，形成一個微笑，看似對他的挑戰，又像是邀請他說出答案。她的牙齒邊緣滲著丁點丁點的口水。她明白自己傳達了些什麼嗎？他們剛才說到哪了？

「平常的工作啊……我是獸皮獵人。」

珍噘起嘴，一副不明白那是什麼的模樣。馬提亞斯開始解釋——獨居的生活、森林、狩獵與毛皮。珍睜大雙眼，一手托著下巴，雙膝左擺右晃，像個小女孩一樣。忽然褪去一身機靈的她，專心地聽他講述，看來驚訝又著迷，讓他心神不寧。

珍的弟弟亞伯，加入他們，邊聽馬提亞斯說話，邊玩著劍球。

「你們那邊有印第安人嗎？」亞伯問道。

「有。」馬提亞斯回答。

「他們是壞人，對吧？」

「不是。你想知道真相嗎？」

男孩狐疑地點著頭，又繼續玩著劍球，用眼角餘光瞄著馬提亞斯。

「壞人，」馬提亞斯說道：「是那些牛仔。」

牛仔？怎麼可能！聽他在那邊亂說。這個加拿大人，他真「笨」，他跟那些真正的美國人完全不一樣。亞伯心想，姊姊究竟看上他什麼，他是又高又壯沒錯，但是他身上有種……虛假的感覺，就是這樣。亞伯曾在某天聽見他說夢話，他口中嘟囔著的不是法文，也不是美語。亞伯把這件事告訴爸爸，結果換來一個耳光。所以，他才不會去跟爸爸說他剛才聽到的荒謬鬼話，說什麼那些牛仔是壞人。不過，他會把這事記在心裡；又或者，他乾脆去把這事跟其中一個牛仔說——那個爸爸稱作泰山的牛仔，他看起來不是很喜歡加拿大人。

露伊絲走向地窖的另一個角落，荷妮跟著她去。可是露伊絲坐上了瑪賽兒的大腿，荷妮這下子不知該往哪去好。吉娜特便做個手勢要荷妮往她那邊靠近。

「我啊，我也有一雙老大腿，可以給小女孩坐。」她說。

荷妮坐上老婦人的大腿，舒適地靠在她懷裡；吉娜特雙臂環繞著荷妮，對她唱起歌來。

原來，她的士兵是在樹林裡求生的人：他在巨大的森林裡頭狩獵，與他的狗相依過活。對荷妮而言，這是一件多麼清楚明瞭的事情，彷彿她早已熟知在心。然而，他傾訴自己身世的對象，竟然不是荷妮，而是珍；有生以來，荷妮首度嘗到嫉妒的滋味。不過，荷妮生來不帶佔有欲。她與人們總是保持距離，她的生活充斥著不確定性，這些都與那種追求絕對獨佔的欲望互不相容。那佔有欲，時常伴隨著對他人情感的重度猜忌，以及對自我的微薄肯定，但荷妮沒有這兩種人格特質。之前她察覺別人表現出嫉妒的情緒時，都感到困惑。有些人願意為荷妮付出，他們所給予的好東西，她都好好利用；不過她也早已明白，這樣的付出是多變無常的，十分視情況與當下的心情而定。若她得易地而居，這一切很可能在一夜之間就戛然而止。面對生死存亡的任性專斷以及人們的多變不定，荷妮就是認真地活在當下，彷彿每個當下都是她生命的最後一刻；她藉此把自己保護得很好，成功地把那些無常阻絕在外。在這樣的生存模式中，嫉妒這種多餘無用又耗損自我的情緒，是沒有容身之地的。然而現在，嫉妒卻開出一條小徑，直抵她的心，使她陷入一種未曾感受過的痛楚，她不知該如何平息。荷妮並不懷疑馬提亞斯對她的情感，她只是不想與別人共享，尤其不想與一位滿心要誘惑他的少女分享。那位少女身上有種特殊的媚惑感，她搞不好有能力讓德國人背棄荷妮。

法蘭絲瓦的小兒子咳嗽咳得劇烈，都快咳出肺來，陣陣強咳之間，他都流著淚。沉默主宰著地窖，所有的目光都轉向這個小男孩。坐在法蘭絲瓦身旁的蓓特，她一邊看著吉娜特，一邊在法蘭絲瓦耳邊說話。

「不可能！」法蘭絲瓦大聲喊道，「我，我才不要她那些巫術。」

蓓特對著吉娜特笑了笑，一副不好意思的模樣：在場的人都聽到了法蘭絲瓦的喊叫，吉娜特肯定也聽見了。朱爾帶著怒氣起身，走向法蘭絲瓦。

「那是你兒子啊，你想要他死嗎？」

「我想要醫生。」

「法蘭絲瓦，別搞這種蠢事，有燕麥吃就已經夠好了！有吉娜特在這裡，你就已經很走運了，她可以幫他做點事，該讓她試試。反正，事情也不會更慘了！」

「而且她治好了那個士兵的傷。」亞瑟叔叔幫腔說道。

「用什麼治？用蜂蜜治……」希多妮補充說著。

不過，說什麼都沒用。法蘭絲瓦依舊固執己見，她帶著一種近乎歇斯底里的堅毅，在安撫著自己的兒子。男孩試著吸氣，可是他的氣管被體液黏堵塞住，費了極大力氣才得以呼吸。有種呼嚕呼嚕的聲響，陣陣晃動他胸腔。坐在吉娜特腿上的荷妮，轉身望向吉娜特的面容，只見她往法蘭絲瓦的方向看去，但她的目光彷彿穿透了法蘭絲瓦，望向比法蘭絲瓦更遠、比地窖裡頭所有的一切都還要遙遠的地方。荷妮坐回原先的姿勢，舒服地靠在吉娜特懷裡。

「那小尚他會死嗎？」荷妮問道。

「還不會。」醫婆吉娜特回答著。

荷妮發現馬提亞斯獨自坐著，便走向馬提亞斯，在他身旁默默坐下。小女孩的神情疲憊，她靠著他，頭部輕輕搖晃。他伸開手臂要將她擁入懷裡，但她一頭逕自滑下。已經睡著的她，躺在他的腿上。馬提亞斯遲疑地把手搭放進她的髮裡。她的頭髮非常柔滑、厚實又光亮，摸起來很舒服，聞起來也很香。他順著這舒服的觸感，任憑手指在她的一環環鬈髮間來回穿梭，感受那如絲綢般的髮絡從指縫間逃逸而開，不久又順著他的指節跑了回來。突然間，馬提亞斯放開了荷妮的鬈髮，彷彿被燙到手一般，隨即放下熟睡的小女孩，抽身離開。他逃開地窖，前去換哨。哨兵見他早早來接哨，便快快樂樂下哨去了。他雖看出馬提亞斯有些焦躁不安，卻也沒有多問什麼。

馬提亞斯萬分不解，不明白他撫摸著荷妮的頭髮時，究竟是什麼激起了這般劇烈的反應。現在，他感到頭痛欲裂，雙眼痛得看不清楚，兩邊的太陽穴也好像要爆炸了。有個什麼東西從他的記憶裡痛苦緩慢地浮現出來，是一個畫面：裡面有頭髮——那是女人的頭髮，是年輕少女的頭髮，甚至可能是孩子的頭髮，實在是無從分辨。那發亮的鬈曲黑髮所形成的瀑布，疊在其他濃密髮堆之上，積在無數的女性頭髮之上。

頓時間，馬提亞斯想起來了。那時候的他，時不時會與斯科爾茲內，一同前往薩克森豪森集中營測試彈藥；那個集中營很方便，距離和平谷城堡只有幾公里遠。那次是為了測試幾款消音手槍。有個囚犯被帶進專為試槍而設計的房間裡；大家騙他是要來量身高的。那傢伙根本不信，然而，在別無選擇的情況下，他終究站上一個身高測量器，背對著它。那測量器緊靠著牆，牆上鑿了個洞，直抵著頸背所在之處，只要把槍管子滑入洞裡，然後砰！那傢伙就死得冷透透了。自己的武器與彈藥能在活靶身上進行測試，斯科爾茲內對此很是重視，因為這顯然會讓測試的結果更加可靠。然而，這回的消音測試，頭幾次都沒什麼有效成果；因為，儘管疤面煞星早已下達指令要唱盤關機，蠢笨的衛兵仍舊依循慣例，讓唱盤播放音樂，好蓋過火藥射擊的噪音。在貝多芬〈英雄交響曲〉那有如雷鳴般洪亮的和弦中，四個囚犯被擊斃倒下；槍擊聲伴隨著斯科爾茲內的吼叫：「**不要音樂！一群飯桶！**」衛兵們終於聽命關上音樂，而消音測試也在接下來的囚犯身上獲得更為清楚準確的結果。大夥一致認為：口徑七點六五毫米的單發射擊英製手槍，顯然為消音效果最佳的手槍。

離開的時候，他們獲邀到指揮官家中喝一杯；再度經過集中營的時候，他們才看見巨量的髮堆從卡車上傾瀉而下，堆躺在院子中央。雖然所有從集中營囚犯身上取下的物件，都會從帝國的各個營裡集中到薩克森豪森這個地方；但馬提亞斯看到這些頭髮時，仍舊感到驚訝。這些頭髮是要拿來幹嘛？一陣狂風吹過，捲起一道彎曲的深暗瀑布，它在髮堆上微微顫動一會，隨即如松鼠般地靈活躍動。它看起來彷彿還是活生生的，帶著生命的顫動，靈活地飄移，閃爍著不可思議的光亮。有那麼兩、三秒的時間，馬提亞斯的視線被這頭髮給纏住。後來天空下起了傾盆大雨，頭髮馬上變得像團濕黏的海藻，馬提亞斯離開了薩克森豪森集中營，之後再也沒想過這件事。直到今晚。

荷妮的頭髮很可能會淪落至一堆髮海裡——就像是馬提亞斯那天見過的那種髮堆裡面。不，那不是一般的頭髮，也不是隨便哪個女孩的頭髮，那可是荷妮的頭髮。她的頭髮混雜在其他不知道是誰的頭髮裡，這是不可能的事。然而，不論是誰，都可以是荷妮……這實在是難以想像，讓人感到頭暈目眩。不過，一旦明白這件事、清楚地意識到這點，事實便變得令人難以容忍。馬提亞斯猜想，就是這種事或其他類似的狀況，把某些士兵狠狠咬住，把他們逼瘋了。有些「特別行動隊」[50]的士兵，他們殺了數百名婦孺，把屍體丟往坑裡堆疊之後，就突然發瘋，控制不住自己；那些老百姓躺臥在血泊中的屍體，會糾纏著每一個殺人兇手，讓這些獵殺隊士兵發瘋，再也無法入眠。這些發瘋的隊員儘管人數極少，但他們肯定也是在某一天，被某個畫面、某個閃現而過的幻覺給攫住，才變得如此。那些他們信仰的意識型態、種族間的仇恨、在軍事打罵教育之中學會的服從，以及對於元首的荒唐激情與認為勝利在望的信心，這一切都會因為某件小事而崩碎瓦解。那可能是件全然微不足道、難以察覺的小事，以前一直收整在記憶的陰暗空間裡，卻在某天忽然顯露出來，然後在你面前像顆炸彈般爆裂。

馬提亞斯還沒要發瘋，他不是當瘋子的料。他剛才的確是挨了一記大大的耳光，但他很快就恢復健康、重拾現狀。他不是在納粹的狂熱中接受訓練的，不過他也為了捧軍人這個飯碗，默默收下了所有關於納粹主義的愚行蠢話。斯科爾茲內說他是「一腳在內，一腳在外」，這一點自由空間給了他距離，賦予他一種看事情的觀點。那樣的觀點，鮮少有人與他共享，除了他一九三九年至一九四三年在布蘭登堡部隊服役時所結識的隊員。馬提亞斯隸屬於英法連隊，但是大部分的精銳士兵，不是斯拉夫人就是「德意志裔」[51]人，因為要想在東方戰場進行滲透，他們必須會說敵人的語言，並且了解敵方的風俗習慣。這些傢伙，這些「英雄」，儘管獲得正規軍的崇拜，還惹來希姆

50 原註：特別行動隊（Einsatzgruppen），機動特種部隊，專責殺害被納粹政權視為敵人的政客或是種族——尤其是猶太人。

51 原註：德意志裔人（Volksdeutschen），此詞彙意指在種族與文化上可定義為德國人，但居住在德國境外的人口。

萊的嫉妒，實際上卻是被視為次等民族的代表。他們努力奮鬥，替帝國擴展「生存空間」[52]，然而就算他們擴展成功，也無法從中獲得任何好處。納粹思想有許多矛盾之處，這只是其中之一。畢竟，納粹主義就是建立在這團不相連貫、假充科學實則迷信的雜亂概念之上。

馬提亞斯時不時會參與東邊的任務。儘管他對東歐的語言文化認識貧乏，但是他的體能與智識深獲部隊賞識。某天晚上，他們奉斯科爾茲內之命，要執行「騎士行動」[53]刺殺狄托，有位同被吸收進和平谷部隊的南斯拉夫隊友對馬提亞斯說：

「你知道嗎，我們斯拉夫人賣命替德國人打下生存空間，希特勒卻只想著要把我們與所有非純種的雅利安人一同槍決……我們和那些被處決前還得自己挖墳墓的猶太人比起來，根本沒多大的差別。我們一定是蠢到不行，才在這裡執行任務，你不覺得嗎？」

「不，」馬提亞斯回答，「我們只是無恥而已。」

馬提亞斯認為，這噬命的瘋狂是人性中最為真實且恆常不變的衝動之一。特別是在南斯拉夫，在克羅埃西亞這個剛獨立不久的國家，其領導人是個與「褐衫隊小鬍子」[54]不相上下的狂人，除了依例要殺的猶太人與吉普賽人，他們還大量屠殺國內的塞爾維亞人與穆斯林。他們的屠殺手法與德國沒什麼太大的差異，都不在乎乾淨或是嚴謹，但在節約物資這方面，他們卻特別重視：他們用刀割斷成千上萬人的性命。馬提亞斯心想，要殺的人那麼多，怎麼可能用如此不便的方式。當他看到劊子手是如何下刀，便一解心中的疑惑：他們把彎刀固定在皮套上，再像護腕一樣戴在手上。真巧妙的設計，這樣就能預防肌腱發炎。割完喉嚨，屍體就往河流或溪谷裡丟，任其隨水流靜靜漂走，或在曠野中逕自腐壞。德國人覺得這麼做不好，可能污染水源——至少會暫時污染了那些註定要活下來的種族的水源。為了解決這樣的不便，德國人快速建起集中營，並交由當地居民管理，整體營運得十分出色。

南斯拉夫人就是這樣快意地自相殘殺，幫德國人省下不少工作。反正這些巴爾幹半島上的敗類，不是要被「清除」，就是要替帝國的經濟服務。解決了斯拉夫人，接下來就換那些住在地中海沿岸的人與黑人了。

對於血統純正的追求，究竟何時才會結束呢……當世上只剩這些所謂的純種雅利安人，還是會有人繼續在他們身上找碴：總會有人的鼻子太長，腳生得太短，患有靜脈曲張、粉刺痤瘡，或是有毛長在屁股上。

一九三一年，一個下雨的夜晚，馬提亞斯被一個酒友拖到柏林的雅利安祕學學會去

52　原註：生存空間（Lebensraum），意指生存所不可缺少的空間，主要由納粹於歐洲東部所征服的領土組成，用以確保德意志民族的生存，及其在種族清洗後的成長。

53　譯註：騎士行動（Unternehmen Rösselsprung）。此任務由斯科爾茲內指揮，目標在於刺殺時任「南斯拉夫人民解放軍及游擊隊」總司令的約瑟普・布羅茲・狄托（Josip Broz Tito，一八九二—一九八〇）。

54　譯註：早期的納粹軍服以褐色為主，故此處的「褐衫隊小鬍子」意指希特勒。

聽一場講座，主題是關於一位還俗修士的學說，一個叫作利本弗爾斯[55]的傢伙。去的時候，兩人身上都略帶醉意，不過一進到會場，馬提亞斯就突然清醒了：有個矮小的傢伙在講台上，一本正經地說著，雅利安人是聖靈的子嗣，透過閃電降生人世。降生的過程極其完美，非常潔淨，宛若電流劃過天際，直到有些崇高的雅利安人被誘惑……被猴子給誘惑，而且還是被搞雞姦的猴子給誘惑。講者拉高聲調，舉起手指比畫特別強調。沒人知道這些猴子打哪來，總之，他們的出現，就是為了誘惑那些崇高的超人。「這不太能信。」馬提亞斯對著鄰座的人低聲說道：「只有尼采聽了會開心。」但那人正滿心愉悅地專注在講者的話語，他以殺氣騰騰的目光瞪向馬提亞斯。講者繼續說道：超人與搞雞姦的猴子交媾之後，生下的人種便已不再純淨，失去了他們原初擁有的能力。在這些墮落的人種裡頭，猶太人的排名顯然非常的高，位居墮落之首。馬提亞斯舉起手，發言指出雞姦是不可能繁衍生命的。可是，大家卻要他閉嘴。台上那傢伙繼續結結巴巴講著那些荒唐蠢話，馬提亞斯聽著聽著就慢慢陷入深沉的夢鄉。

現在，馬提亞斯心想，當所有的次等人類都被清除，這種神祕的種族狂熱會再度重啟，清算的目光會盯在純種的雅利安人身上，進行最終的挑選。他們終將相互問道，誰的祖先是搞雞姦的猴子。有一天，人類會滅絕於世，因為食人魔終將吞噬自己。其實，這就是納粹的理想：不再有任何的人性。只剩令人難以置信的天真與順從，這就是真正的納粹哲學。

站在農場門廊外幾公尺遠的哨點，馬提亞斯點燃上哨以來的第五根菸，開始來回走動好讓身子暖和起來。煙霧在眼前繚繞變化，他發現藏在煙幕後的小徑，上頭有東西在移動。是三個人。不，是四個：兩個大人，兩個小孩。沒有軍人。他看著他們靠近：迎面走來的是一位活蹦亂跳的矮小男子，他正揮手向馬提亞斯致意。那傢伙後頭跟著一個男人，他左右手各牽著一個孩子，一副疲憊不堪的模樣。馬提亞斯陪他們走入地窖。

「又有人來？」瑪賽兒大聲地對空問道。

「沒錯，阿嬤。」蓓特回答：「是小學老師韋爾納，菲力貝爾也來了。還有雜貨店的兒子夏爾・隆登，和蜜雪琳・碧虹。」

大家送上熱咖啡與毯子，迎接他們的到來。韋爾納訴說著德國人是如何迫使他們離開自己的村子，士兵持槍對準他們，要男人、女人、孩子與老人在鄉野裡走上數小時的路。走著走著，德國鬼子突然把所有人扔在荒野之中後就離去。韋爾納和孩子只好繼續前行，也不清楚該往哪去。蜜雪琳的哭聲反覆打斷小學老師敘述這段故事；儘管身旁的婦人們以溫柔的言行對待她，儘管現在得到了溫暖也有了簡單的食物，一切仍舊無法安撫這個八歲孩子的情緒。

55 譯註：蘭斯・馮・利本弗爾斯（Lanz von Liebenfels，一八七四—一九五四），奧地利籍政治理論家、種族主義分子以及雅利安祕學學者，堅信雅利安人的種族優越，並發表諸多反猶太人的論述。

「蜜雪琳在一次轟炸中失去了家人……」韋爾納解釋。

希多妮截斷他的話：

「別在小女孩面前說這些！」

「不用搞神祕了。」韋爾納頂了回去：「小女孩她都知道了。她那時待在鄰居家，所以才逃過一劫。我們運氣好，碰到了菲力貝爾，是他帶我們從格萊茲[56]走下山來。」

每個人都讚揚了菲力貝爾的義舉。不知道是因為天冷的緣故，還是經不住大家的恭維，他整張臉紅通通的。這男孩應該有二十幾歲，他身形瘦小卻精力充沛，在這農場似乎很受歡迎，小朋友尤其喜歡他，像群麻雀般圍著他吱吱喳喳。

「小子，你真的是森林之王！」朱爾雙手搭上菲力貝爾的肩膀，大聲說道。

大夥再度熱烈地鼓掌叫好，容光煥發的菲力貝爾也跟著拍手鼓掌。

「他們就直直的沿著河流走，再走下去就要走到列日市去了。是我，是我幫他們指的路！」

朱爾把菲力貝爾拉到一旁。

「我們好久沒見到你了。」

「是啊，我知道……我在忙著工作。」菲力貝爾神祕地說道。

「你的十字弓呢？你把它藏起來了嗎？」

菲力貝爾擺出一副天真的模樣，彷彿不知道朱爾在說些什麼。

「如果你獵到了鹿，就帶來給我，價隨你出。」朱爾湊近他耳邊說。

菲力貝爾點頭附和，雙眼謹慎地左看右看，然後搓揉著自己的手掌，整個人彆扭難耐——他顯然有話要說，好不容易才終於開口說道：

「嗯，朱爾……」

「怎麼了？」

「你的小屋……我在那裡待了幾天。」

「你當然可以待。不過孩子，你應該知道，那裡頭什麼都沒有，呵呵。」朱爾以慈父的口吻回答。

馬提亞斯聽了他們的對話，想著那個小屋，很可能就是他之前與荷妮逗留過的小屋，這附近應該是不會有一堆同類型的小屋。菲力貝爾可能在那裡看過他們兩個……朱爾這時察覺馬提亞斯也站在那裡。

「貝貝爾，我跟你介紹，這位是馬修。他也是個牛仔，不過跟那邊那群牛仔不一樣，他來自加拿大，而且是個隱士。」

「你好啊，來自加拿大的隱士牛仔馬修。」

菲力貝爾一串話說得又快又大聲，讓馬提亞斯陷入尷尬之中。朱爾對他使個眼色。

56 譯註：格萊茲（Gleize），比利時地名，位於斯圖蒙行政區。

蓓特帶著保溫瓶，過來替菲力貝爾再倒點咖啡，順勢將他帶到旁邊去。朱爾轉身面向馬提亞斯。

「菲力貝爾是孤兒。」他解釋說：「他瘋癲瘋癲的，少一根筋。」

馬提亞斯傻笑了起來——這表情他從未做過，不過他一如往常，仍舊表現得非常有說服力又有趣。這個小夥子雖然頭腦簡單，但是卻很「勇敢」，朱爾補充說道。指的是很有膽量的意思嗎，馬提亞斯問道。也有這個意思沒錯，不過「勇敢」這個字，對這裡的人來說，是「善良」、「熱心助人」的意思。馬提亞斯看著菲力貝爾：正與蓓特說話的他，笑口常開，時不時便點著頭，時間一久，嘴邊的笑容還有點僵了。這傢伙似乎十分熟悉這區域的地貌：他整天遊走在戰場裡頭而能不被發現，還帶著十字弓獵捕大型野味，而且非常「勇敢」。若要離開這裡，這傢伙是位不可或缺的夥伴。馬提亞斯打定主意，他們要朝北而行，一路尋求掩護，穿越樹林，直到抵達納木爾，或是更北邊的地方，一切都取決於德軍攻勢如何進行。就算他那些親愛的德國同袍們，奇蹟似地實現目標，從馬士河上越了過去；只要能抵達北方，他們就還有時間做其他打算。

蜜雪琳的聲音打斷馬提亞斯的思緒。

「小耶穌什麼時候會來接我？」

四周的對話突然都中斷了。

「從昨天開始，她就問個不停，重複問著這個問題。」韋爾納解釋著：「大家跟她說，她的姊妹們跟小耶穌在一起，所以，她想和她們重聚。」

韋爾納彎下腰給蜜雪琳一個擁抱，小女孩又開始一段揪心的哀鳴。站在她旁邊的荷妮，牽起她的手。蜜雪琳宣泄情緒的激烈程度，全然超乎荷妮的預期。她當然為這個孩子感到難過，因為她自己就經歷過類似的事情，能夠體會沒有家人、只剩自己一人，意味著怎樣的處境。然而，女孩那不合時宜的眼淚，讓荷妮覺得十分不滿。一般而言，人在危險的時候必須保持謹慎，這樣才能確保自身的安全。嚎啕大哭的孩子與過度緊張的大人，只會招來不必要的注目。而且，她為什麼不停地叫著「小耶穌」？在荷妮的想像中，耶穌就是耶穌，為什麼要加上「小」呢。除非是在聖誕節，大家慶祝耶穌生日的時候，才會叫他「小」耶穌吧。而且小耶穌是個寶寶，做不了什麼事，也一定不可能殺得了人。但蜜雪琳一直叫他來，不就是要「小耶穌」把她給弄死？因為她要死了才能與家人重聚。這一切真的是毫無半點道理。

「別哭了。」最後，荷妮這樣對蜜雪琳說：「哭是沒有用的，他們已經死了。」

所有人都把頭轉向荷妮，對她投以憤怒的目光；就連朱爾也露出不悅的表情；法蘭絲瓦在希多妮耳邊竊竊私語；群眾之間響起一片嘈雜的指責聲。唯獨蜜雪琳看似不受荷妮話語的影響——她心不在焉，精疲力竭，完全不為所動。荷妮很能理解自己所引起的震撼。她的坦率被負面評斷，這也不是第一次了；大家的反應不會讓她侷促不安。馬提亞斯將一切看進眼裡。不過，在這種情況下，即便是馬提亞斯，似乎也感到有些尷尬。真是個不可思議的女孩，不停地使他驚訝、震撼著他。神啊，這女孩還真堅強，比他想像中的還要堅強。他感到一陣驕傲，好想要扯下其他人臉上那一張張責難的神情。他忽然發現，大家的目光都在他身上，彷彿他該為荷妮剛才所說的話負起責任。但他終究不是她的父親，而她也不把他當作父親看待。

「那孩子，她說的沒錯啊。」菲力貝爾彷彿被靈光擊中，突然這樣說。他接著向荷妮問道：「欸，那個，你是誰？」

「荷妮，你呢？」

「我呢，我是菲力貝爾。不過，你可以叫我貝貝爾。」

「你要不要去玩個遊戲？」

就是這樣！荷妮又活躍起來。一瞬間，她的心思已轉向別處；生命拋給她什麼機會，她就會飛快地抓住。馬提亞斯看著那些民眾，他們仍舊滿心的憂慮、懷疑與憎惡。可是，荷妮才不管這些。她的心已到了他方，和那頭腦簡單的小夥子一起。那個小夥子了解剛才發生的一切，也絲毫不為此憂心。他們兩個要去「玩個遊戲」。荷妮是最強的——她比這些團結善良的比利時人還要堅強，也比馬提亞斯更為強悍，更比那些讓世界陷入恐懼的納粹匪幫還要強大。她，甚至強過那些滿是頭髮及死亡的影像。

第九章

馬提亞斯在廚房忙著磨刀。這刀是印第安人送的，他已用它取了無數人的性命。短刀必須準備就緒，要能隨時再拿下人命。馬提亞斯已經決心要離開這裡，他要帶荷妮前往一個能讓她脫離危險的所在。丹的身影突然出現在門框中。他觀察著馬提亞斯，還以為自己沒被看見。

「進來吧，雷諾茲。」馬提亞斯頭也不回地說道。

丹身子向後一縮，懊惱自己竟然被發現。他走上前。馬提亞斯則繼續拿著自己的短刀，靜靜地在一把大菜刀上滑來磨去，面前還擺著裝滿水的盆子、刮鬍刷以及剃刀。哎呀！現在可是戰爭期間，大夥都躲在地窖裡，而他居然沒事做到跑來刮鬍子。那把刀的柄是鹿角製的，丹注意到上頭刻有一個他無法辨讀的字。那不是英文。他不知道那是什麼語言，裡頭的字母很奇怪，好幾個子音接連在一塊，母音倒是非常稀少。那是一個發不出音的語言，一種野人的語言。那四個老百姓到來之前，農夫的兒子想告訴丹一件事，不過丹聽不懂他在說什麼，只知道是和加拿大人有關的事。看那男孩說話時一副有什麼陰謀的模樣，肯定是件有趣的事。難懂的法文，真是該死。想到這裡的人都不說英文，丹就覺得生氣。

「準備要出門？」丹故作瀟灑問道。

馬提亞斯沒有任何回應。他拿起刮鬍刷沾抹肥皂，面對著一小塊斜掛的碎鏡，在自己臉上刷出泡沫，隨後換上短刀開始刮鬍。

「這可以殺死一頭熊！」丹一邊指著短刀一邊說道。

仍舊沒有回應。丹站在馬提亞斯的肩膀後方，看著他那蓄積了好幾天的鬍子慢慢褪去，他的臉頰與下巴逐漸顯露出來。丹覺得，馬提亞斯的面容變得不一樣，看起來比之前更為銳利、更加狠心，而他那雙清澈的眼睛折射出的光線，就跟他刀柄上的鋼刃一般無情！丹反射性地向後退了一小步；馬提亞斯則在鏡中對他稍稍咧嘴一笑。丹心裡很肯定：這傢伙有個祕密，而他是無法帶著這祕密離開農場的。

「誒，崔茲跟我們講了件有趣的事。那些納粹黨衛豬身上刺有……」

丹觀察著馬提亞斯的反應，不過他卻繼續刮著臉頰上的鬍鬚，一張既乾淨又整潔的面容逐漸顯露出來。丹是唯一一個懷疑馬提亞斯身分的美軍，嫉妒使他的直覺變得銳利，帶領他在這場遊戲裡獨自前進。打從第一眼看到馬提亞斯，直覺便告訴他說，這傢伙很可能是德軍的臥底，因為戰場上也有很多臥底德軍。當然，沒人知道這傢伙為什麼會把一個猶太女孩帶在身邊，然而就是這樣的不合常理，強化了丹的懷疑，讓他認真思索這一切，而且還認真到他頭都痛了起來。他實在是不習慣動腦思考。啊，「加拿大人」終於肯開金口說話：

「是啊，你不知道嗎？刺有他們的血型，就刺在左臂下方。」

他不只知情，就連細節也都清楚。他回答時的語氣十分自然，瓦解了丹的懷疑。丹是個牆頭草，常因為小事就改變自己的看法。這種程度的刺探，連演都不用演就能帶過。丹壓根不清楚馬提亞斯有多擅長臥底的把戲，也不知道他曾在更為險峻的情勢中全身而退。丹稍稍放鬆了，就近靠在家具上頭。馬提亞斯清洗著自己的臉。

「應該要讓這情報流傳開來，省得我們見人就要問誰是米老鼠的太太。」丹率直地說道。

「不過，要人在零下十度的檢查哨上跳起脫衣舞，應該無法幫我們省下多少時間。」

加拿大人說得沒錯。他的幽默感有時很討人喜歡，與「德國佬」一點關聯也沒有，儘管丹對德國人的認識不多。對他而言，德國人就是戴著跟他不同頭盔的殘暴傢伙，而且還不懂得說話，只會大聲吼叫。馬提亞斯拿起廚房抹布擦乾臉，在頭髮上抹點水再往腦後梳貼。他轉身套上上衣，隨即拿起短刀順勢滑入腰帶上的刀鞘裡。他的動作靈巧又流暢，不太像是德國人，比較像是易洛魁印第安人，然而不論像什麼人，丹實在都不喜歡。

荷妮不在地窖裡。大家看到她和菲力貝爾一起出去；他們說要去院子裡玩，沒人攔下他們。儘管馬提亞斯禁止她外出，她還是出去了。他生著她的氣。她不聽他的話，這還是第一次。要是他們在院子裡玩，人在廚房應該會聽得見才對。他離開地窖，大步走遍農場四周，仔細檢視牛棚馬廄、烘焙間與穀倉：全都不見他們的蹤影。他回到牛棚裡，再次穿越牛群，當他走到棚裡的最底，發現有個先前沒看過的小門。門鎖打不開；他用肩膀大力一撞，門一開，嘶嘶馬鳴傳了出來。有匹馱馬在這第二間牛棚的深處，而荷妮與菲力貝爾則笑嘻嘻地站在牠一旁。馬提亞斯鬆了一口氣，隨即感到憤怒，直直衝向荷妮。

「不是說過不要外出！」他放聲對她說道。

他憤怒的目光隨即轉到菲力貝爾身上，菲力貝爾卻不受影響，繼續天真地笑著，看他笑得如此和藹可親，馬提亞斯冷靜了下來。

「沒錯，是有說過……」荷妮回答，「不過，你看！」

荷妮小手指向那匹馬。馬提亞斯這才好好瞧了牠。那是一匹高大又文靜的駿馬。

菲力貝爾介紹道：「牠叫作所羅門，朱爾把牠藏了起來，這是他的寶貝。對不對啊，我的乖寶寶？自從牠的朋友死後，牠就一直很難過。」

「就是那匹在院子裡的馬。」荷妮補充說明。

菲力貝爾一邊撫摸所羅門的頭，一邊點頭附和。荷妮試著摸牠，但是她太嬌小，馬提亞斯見狀便將荷妮抱了起來，讓她摸摸牠的口鼻，感受那從鼻孔中呼出的熱氣。她親了親牠，在牠耳邊輕聲說話，再度撫摸著牠。荷妮彷彿陷入無盡的狂喜，雙眼甚至溢出淚來。馬提亞斯與菲力貝爾不發一語，靜靜地看著她。

「有人騎過牠了嗎？」馬提亞斯問道。

「朱爾常常騎牠，珍也常騎。不過我，我是不敢。」

「我，我敢。」荷妮說。

馬提亞斯以眼神向菲力貝爾探問。

「牠不會對她怎樣，你可以把她放上去。」

馬提亞斯讓荷妮爬上這龐大的動物。小女孩開心地趴在所羅門的頸上。這匹馬或許是個好機會，能讓他們快速地抵達北邊。要是朱爾願意讓出所羅門的話，就無法帶上菲力貝爾，只得放棄他的指引了。儘管如此，馬提亞斯仍舊深受這匹馬吸引，認為牠是個好解方。他是個優秀的騎士；而且，作為菁英部隊的成員，他不只會騎馬，還要會跳降落傘，在必要的時候，甚至要能駕駛飛機。馬提亞斯示意要荷妮下來，是時候該回去地窖裡了。小女孩不情願地跟他離開。

馬提亞斯做出了選擇：他偏好這一趟找所羅門作伴。不過，還有個極大的障礙要克服：說服朱爾讓出他的「寶貝」。

回到地窖，馬提亞斯發現朱爾正忙著與他太太說話，便走向前問說可否借一步與朱爾私下聊聊。蓓特一臉猜疑，心不甘情不願地起身離開。馬提亞斯直接表明來意，朱爾靜靜盯著他看了好幾秒鐘。

「我兒子跟我說了些關於你的趣事。」

「啊，是嗎？」馬提亞斯笑笑地說。

「是啊……例如說，他聽到你說……德文。」

「我會說很多種語言，但是不包括那一種。」馬提亞斯泰然自若地回答。

朱爾銳利的目光盯著他看，接著說：

「那小子被戰爭搞昏了頭，人家說什麼他都信。我想他就是信了那些軍隊裡有臥底的話……」

朱爾湊近馬提亞斯，兩張臉近乎靠在一起。

「嗯，至於那匹馬……沒有問題，你們可以帶牠離開。騎著牠，你們也跑得快些。」

「謝謝。」馬提亞斯直率說道。

朱爾站起身來，一副要走的樣子，卻又轉過頭來。

「誒那個……」朱爾壓低音量，悄聲對馬提亞斯說話。

「嗯？」

「我說所羅門……叫名字的話牠不太會理你。大家都叫牠乖寶寶。」

「好的，你不必為牠擔心。」

朱爾匆匆點頭稱是，隨即轉身離開。馬提亞斯走進士兵們的地窖，派克與麥斯在裡面試著修理無線電接收器。有些士兵認為有必要離開農場；派克卻不同意：必須先聯絡上盟軍，了解情勢才行。麥斯與一個看起來不太聰明的通訊兵杜懷爾，正操作著那台故障的機器，馬提亞斯觀察著他們手中的無線電。根據這德國人的迅速判斷，他自己是能修好它的；修理無線電也是他的技能之一。不過，把它修好對自己是有利的嗎？若是無線電回復正常，美國人很可能會離開農場，而馬提亞斯就得丟下荷妮，跟著他們走。此外，重新與外界連上線，很可能招引其他同盟國軍人來到農場，這會使馬提亞斯陷入額外的風險，增加被揭穿的可能。因此，馬提亞斯寧可不幫派克的忙，看這三人徒勞無功地與那損壞的收發器進行搏鬥，對他們投以一副無能為力、抱歉遺憾的目光，轉身離開這裡。他在村民的地窖遇到珍——她面紅耳赤、頭髮凌亂，似乎才剛竭力做完什麼事。少女熱絡地拉著他的手臂，她身體所散發出的強烈氣味，再次把馬提亞斯迷得暈頭轉向。

「你能幫我拿牛奶嗎？有三罐擱在牛棚……」

她剛擠完牛奶。她身上所散發出的氣味，原來是那剛從母牛乳房擠出的溫熱奶腥，混雜著她自身的汗水。她撩起一束髮絡，用手背擦了擦鼻子。她的乳房挺頂著連身裙，腋下冒著一小圈汗漬。天氣冷得地凍欲裂，她卻像在七月盛夏，身上流著汗，僅穿著一件薄薄的羊毛連身裙。馬提亞斯像個機器人般，自動跟著她前往牛棚，毫不顧忌旁人的目光。她則踩著搖擺的步伐，昂然走過地窖：她讓自己那如雕像般優美修長的身材逕自擺盪，牽引著馬提亞斯，讓他跟在身後，像被磁鐵緊緊吸引一樣。

荷妮看見丹那倍感凌辱的目光。她的士兵不該跟著珍離開，但是要怎樣做才能阻止他呢？荷妮心想，他會跟一位少女做些什麼事呢。親她的嘴巴，肯定是這樣。在馬賽爾家的時候，荷妮曾在一本雜誌上看過男女接吻的圖像；馬賽爾的媽媽很喜歡看那些裡面有很多男女電影演員照片的書。有時候，照片裡的演員會交纏相擁在一起，兩人的目光會看進彼此的眼裡，彷彿這是他們此生最後一次見面。有一次，荷妮看到一對男女閉上眼睛，兩對嘴唇親吻在一起，他們頭髮散發著光亮，身上穿著華貴的衣服，看起來好美。女演員有一張輪廓鮮明的嘴、白皙的皮膚以及長長的深黑睫毛——珍也很漂亮。荷妮不得不承認，即便她不像女演員那樣有著搭配好的服裝與彩妝。她那張輪廓鮮明的嘴，還是誘惑著馬提亞斯去親吻。馬提亞斯的雙唇，不是荷妮的。還不是。等她長大之後，她就要跟他結婚。他們會跟電影明星一樣亮眼美麗，完美的嘴唇結合成一個完美的吻。

露伊絲來找荷妮玩扮醫生的遊戲。一如往常，荷妮是醫生，露伊絲是護士。她們決定讓蜜雪琳當病人；看著蜜雪琳那消沉虛弱的模樣，病人當然就是她了。她們甚至還詢問蜜雪琳是否同意，然而她就只是看著她們兩人不發一語。荷妮拿起一個綁著繩子的空罐頭，當作是聽診器，開始幫蜜雪琳聽診。

「太太，請大口呼吸！」荷妮下指令，一副很權威的樣子。

不過，病人動也不動，眼神放空，逕自發愣，毫無反應。小學老師韋爾納走了過來，看著小女孩們在遊戲。韋爾納的注意力全在荷妮身上，著迷於那孩子的堅定自信和善於溝通的機敏。蜜雪琳被戰爭給擊潰，一副委靡不振的模樣愣在那裡，荷妮卻是生氣勃勃地在她身邊，這景象看了竟讓人感覺有點害怕。荷妮她肯定也吃了不少苦。

「醫生，不好意思。」韋爾納說：「您有空嗎？我身體覺得不太舒服。」

荷妮高傲地盯著韋爾納，打量著他，不久便對他笑了出來。他要一起玩，當然可以。他演得不錯，看起來是個病人的樣子。

「護士，您先照顧這位女士，我還有病人要看。」

荷妮轉身面向韋爾納，命令他張開嘴巴出聲說「啊」，他聽命行事。荷妮慎重地觀察著小學老師的喉嚨深處。

「喉嚨很紅！」她做出診斷。

她一臉專業人員的嚴肅認真，開始進行胸腔的聽診。

「來到這裡之前，你是在斯圖蒙嗎？」韋爾納問她。

「沒錯，」荷妮回答：「住在馬賽爾、亨利、雅克和瑪麗他們家。」

「那在斯圖蒙之前，你住在哪？」

荷妮斜眼看著他：他是要玩還是不要玩？如果他只想知道她的事，可以直接問，不需要假裝自己得了感冒。好可惜，小學老師扮病人扮得真不錯。他剛才問了什麼？啊，對了，在斯圖蒙之前。

「在那之前，我在瑪特修女的大城堡裡，跟很多的小孩在一起。」

小學老師洗耳恭聽，一副求知若渴的模樣。聽著荷妮訴說她所經歷過的那些危險又恐怖的事情，這些他從不知道、甚至是一點概念也沒有的事情，讓他難以想像猶太人的遭遇：猶太人必須把自己藏好，躲避敵人的追捕。宛如是場激烈的遊戲，在現實中上演，沒有重來的機會。荷妮憑藉著與生俱來的聰明與機靈，在遊戲裡頭存活。截至目前為止，她是這遊戲的贏家。小學老師想知道，她是如何獲勝的？嗯，他想知道就告訴他吧。她把聽診器放置在地上，目光直直看進韋爾納眼裡。

「那時候很危險，因為德國人隨時都會來。有天晚上，他們來了。那時我睡不著，因為想尿尿。我在樓梯間的廁所，聽見他們爬上通往宿舍的樓梯。他們大聲吼叫，修女們放聲尖叫，然後所有人都叫了起來。他們在房間的時候，我踮著腳尖，悄悄走下樓梯，走到地窖裡去……」

荷妮頓了頓，看著韋爾納的表情，覺得很是滿意：他瞪大眼睛，張大著嘴。而他也覺得訝異，自己竟然會跟著開心，好像他只有九歲，正聽她說著藍鬍子的故事。他彷彿能看見荷妮走下樓，赤腳踩在破舊的階梯上。小女孩穿著白色的睡衣，吉普車從敞開的大門急速開過，她一身白衣從大燈光線前瞬間閃過。那孩子沿著一條鋪有黑白方格的石板通道走去，打開門，看見一口暗井。她聽見樓上傳來陣陣吼叫，被粗暴搖醒的孩子正在哭喊，善心的修女則是苦苦哀求。不過，她依舊保持冷靜，迅速鑽進漆黑的地窖裡去。

「而他們……他們最後還是來到地窖。」荷妮稍加停頓，便沒有換氣地補充說道。他們當然會來到地窖！韋爾納雖然猜到了，但卻不敢去想。他們總要來的：藍鬍子總要向他不聽話的妻子索討黃金鑰匙；大野狼總要拜訪老奶奶家；德國人也一樣，他們總要走進地窖，拿出手電筒在這拱型空間裡掃蕩。城堡再度回歸沉默，僅僅低盪著孩子們的微聲哀鳴，撕扯著寂靜。

「不過，他們找不到我。」荷妮驕傲地喊道。「你知道我藏在哪嗎？」

韋爾納搖搖頭，一副目瞪口呆的模樣。

「藏在煤堆裡！」

荷妮深深陶醉在自己的故事所營造出的氣氛。她發現其他人也加入了聽眾的行列，除了小學老師，還有朱爾、希多妮、于貝爾……她記得從煤堆爬出來的時候，自己渾身炭黑！她洗了三次澡才洗去這些黑漆。這事，荷妮回想起來就覺得好笑，說出口後便自己笑了起來。但突然間，她喉頭一陣緊縮，再也笑不出來。那天晚上，德國人帶走了三個小孩，還不到三歲的小盧西安、馬當和她的朋友凱薩琳。她不想聊到這些。環繞在她四周的臉龐，仍在等待著接下來的發展，不過，她的故事已經結束。她藏得很好，她贏了這場遊戲。沒什麼好再說的了。凱薩琳，她在睡覺。她晚上很少起來尿尿。她不需要在寒冷中起身下床，不需要摸黑走進廁所，她不需要跟荷妮一樣。

凱薩琳總是一覺到天明，睡得十分安穩。她比較文靜，性情不如荷妮那般容易憂慮。凱薩琳十分堅信自己會再見到父母；她是那麼的開朗歡欣、那麼的和藹可親，讓荷妮不忍告訴她，這是件不太可能發生的事。跟她聊天很開心，她知道很多事情，她會彈鋼琴，認得寶石的名字，還會唱歌。凱薩琳輸掉了這場遊戲，這一點都不公平。

小學老師離開了，剩下的聽眾也四散在地窖裡。露伊絲等著要繼續扮醫生的遊戲，但是荷妮不只是無法再玩下去，甚至連話都說不出口。這是荷妮第一次訴說這份記憶；她用盡所有的力氣、理智、幽默去重塑回憶，她保持著一段安全距離去回憶，但這記憶仍讓人深感創痛。這份恐怖記憶差點為她短暫的生命敲響喪鐘；荷妮將它封藏在記憶深處，埋了近兩年的時間，卻總反反覆覆在夢裡現形，將她再次埋進煤堆裡去。她靜止不動地待在那裡，眼睛鼻孔都沾滿了煤屑，不敢呼吸；與此同時，手電筒在外頭毫不留情地掃射煤堆，試圖穿滲煤塊的間隙，即便手電筒遠離煤堆，在地窖其他角落進行搜查，最後仍會回到煤堆照上第一千遍，而且靠得好近，與她的眼睛僅隔著幾毫米的距離。在夢裡總是那樣：拿著手電筒的士兵終究發現了她；又或者，是荷妮自己犯蠢，以為已經被發現，自動從煤堆裡爬了出來，結果一到外頭，才發現不是她想的那樣。每天晚上，她都祈禱這夢不要來找她。現在，她已把地窖裡的記憶與他人分擔，她知道這夢魇再也不會回來。

第十章

三罐牛奶平放在地。馬提亞斯止不住衝動，直接用嘴對上罐子，貪婪地喝了起來。當他喝完那淺白色的溫熱液體，用手背擦了擦嘴後，上唇邊緣仍留有牛奶的痕跡。珍觀察著他，一臉挑釁的模樣。她大膽走向前去，緊緊停在他的面前，她的臉離他的只有幾毫米之距，她的胸部就貼在他的胸膛。隔著襯衫，他感覺到那挺立的乳房直抵著他。她微微抬起頭來，好觸碰他的嘴，接著便將自己的雙唇疊在他的唇上。兩雙柔軟又炙熱的唇，毫不保留地恣意纏綿。當她的舌頭想要滑進他嘴裡，馬提亞斯卻將她給推開。突然間，他回復了神智。他不能任憑這個不受掌控的少女誘惑自己。這兩天來，他時時刻刻都冒著生命危險，不該再旁生枝節，讓她把事情弄得更複雜難解。一直以來，面對大多數的女性，馬提亞斯都清楚知道要如何施展魅力，並且從中獲取最大利益，他能成功進行滲透敵軍的任務，很大一部分的原因，若不是要歸功於他的情婦們，就是要感謝那些想要成為他情婦的女人。然而，在這封閉的環境裡，他得隨時保持警戒，珍不僅毫無益處，甚至還可能構成危險。他得趕緊帶荷妮離開這裡。抽身離開，這才是他該做的事情。

珍氣到滿臉通紅，雙眼充溢著憤怒的淚水，她奮力忍了下來，不讓淚水逕自噴發。有頭牛在跺腳刮地，還有另一頭牛在哞哞鳴叫，彷彿在鼓勵著年輕女孩要再次發動攻擊。珍抬起頭，挺起胸，再次向前邁進。她再度逼近馬提亞斯，一把將他的臉抓進自己的掌心，把他拉向自己，深深地吻上他的雙唇。這一次，馬提亞斯任憑她擺布。他媽的！就快速打上一砲，反正也惹不了什麼麻煩！他著了魔似地解開珍的連身裙：她那對宏偉的乳房、圓弧有力的肩膀、豐腴的腹部、甚至是她那早已敞開且濕成一片的陰部，全看進眼裡。他把她頂在牆上，就在那兩頭乳牛的屁股後面做了起來。進到她身體裡，是如此快活！呼吸著她皮膚所獨有的氣息，是多麼享受！年輕少女的氣味，讓他想起自己的初戀、他唯一有過的愛戀：克拉拉，金黃的頭髮、蒼白的臉色、修長卻瘦弱，近乎消瘦成疾的身體。她後來嫁給一位魯爾的工業家，對方是個虔誠的納粹黨員。她過得不快樂，生無可戀。一九四二年，馬提亞斯曾在柏林見過她一面。那時她喝得很醉，纏著他哭訴她那無所事事又不愁吃穿的可憐命運。她哀悼著自己逝去的青春和留不住的愛情，也哀嘆著那些難堪的家務事：自從猶太人消失之後，要找到一個好的皮貨商有多麼困難；以及她自己的不孕，如何讓她成為納粹朋友眼中的賤民；而她那受挫的先生，時不時就賞她耳光以洩怨氣。她不停地糾纏讓馬提亞斯感到極度厭煩，煩到他也賞了她一個巴掌，他不想再見到她。二十歲時的他們，那些在處女湖邊的廢棄小教堂裡的激情時刻，以及他與她曾擁有的悠長性愛，他想要完整無缺地保留下來，不容這樣的她來破壞。

珍的視線潛進他的雙眼，望向他卻沒看著他，她神色專注在體內到來的至高快感。沒有羞恥，毫無節制，她全然地沉溺其中。馬提亞斯感到驚訝，沒想到那麼快就能看到她高潮，看著她閉眼皺眉帶點焦躁的模樣，他覺得非常滿足。珍的青春期都在戰爭之中，是在焦慮、貧苦與變動不定中展開的。在他的懷中，她的身體展現著她對戰爭的反抗和對生存的渴望，馬提亞斯為此感到些許震撼。突然間，他停了下來；他聽見有別的聲音在場。珍回過神來，當她張開口準備要出聲，馬提亞斯一手摀住她的嘴。蓓特的嗓子越喊越大聲，呼喚著自己的女兒。珍與馬提亞斯嵌合成一體，兩人一動也不動。蓓特撫摸著一頭牛，輕聲對牠說著細語。珍強忍住笑意，陰部也跟著用力縮緊。馬提亞斯擁吻著她，繼續在她體內緩緩抽動。蓓特嘴裡嘀咕著女兒，總算離開這裡。馬提亞斯整個人被強烈的快感淹沒，他已經好久沒有這樣的感受。他們匆忙穿上衣服，帶著三罐牛奶回去地窖。

穿越院子的時候，他們聽到一陣爆炸聲從鄰近的森林傳來，就在馬提亞斯與荷妮拋下吉普車的小溪那一帶。有顆砲彈落到了農場附近。珍一驚，手中的牛奶翻了一些出來。

地窖裡，民眾被射擊聲嚇傻了，沒人特別注意珍的神色慌亂，以為她只是害怕而已。朱爾低聲埋怨，他想把美國人給趕出門去。不過，派克覺得還不到離開的時候：不只是無線電無法使用，就連隊上的彈藥也所剩不多，外加還有兩個無法行走的傷兵，在這種情況下，他們不該把自己給送上戰場裡去。

牛奶在大夥間分送著，帶給人們些許安慰。希多妮喝了第一口，腦中便浮出一個景象：她回到小時候，坐在祖母的大腿上，面對著聖誕樹，小口喝著溫熱的「蛋奶酒」。對了，今天是十二月二十四號，今晚是平安夜，竟然都沒人注意到！她說：

「我們要不要把牛奶留到晚上？今晚是平安夜！」

所有人都僵住了，全愣成一片。聖誕節？在這樣的時刻，聖誕節給人的感覺簡直荒謬：如今戰火滿布，有人在戰場上死去，有人在雪地裡慢行，還有人挨餓受凍在地窖裡等著戰爭結束；房屋毀損倒塌，院子裡可看到牲畜被開膛剖腹，路邊的森林燃著熊熊大火。老瑪賽兒逕自啜泣了起來：

「那聖誕樹呢？它在哪裡……？還有耶穌麵包[57]、子夜彌撒？還有……那些……那些聖誕歌曲呢？都跑去哪了!?都沒有的話，那真是太可怕了！」她抽抽噎噎，奮力擠出話來。

「瑪賽兒，別再說了。」吉娜特接著說：「我們會慶祝聖誕節，這可是聖嬰耶穌的生日！I n'fât nin l'roûvi, ou bin c'est lu qui nos roûvirè.」

聽到這嚴肅的警告，每個人都在胸口畫起十字。蓓特幫馬提亞斯翻譯：「不能忘了祂，要不然祂會把我們給忘掉。」馬提亞斯忍不住嘴角的笑意。對他而言，一切都已經太遲了，上帝早就放棄人類，而且毫無挽回的餘地。儘管沒有聖誕樹，少了神祕的「耶穌麵包」，也沒有子夜彌撒，老百姓們仍舊決定要慶祝耶穌基督的誕生，而且要盡可能地慎重。這是偷偷溜走的最佳時機：這幾天蓄積下來的緊繃氣氛，不只會在帕凱的農場獲得釋放，就連在這整個區域也會跟著減輕，因為聖誕節是每個人的節日，即便是德軍也要過節。索爾這位無情的日耳曼雷神令納粹為之狂熱，但還無法取代人們對閃族[58]聖嬰耶穌的崇拜。

然而，馬提亞斯的計畫卻被露伊絲給破壞：她想要演一場耶穌在馬槽誕生的戲。想當然，荷妮也想參與演出！她眼裡閃著熱切的目光，步步走近馬提亞斯。她看得出來他心裡有所盤算，也知道這個晚會讓他煩躁不安，所以她什麼也沒問。是他開的口，笨拙地向她問道：

「你想演耶穌誕生嗎？」

「我想演。你不想嗎？」荷妮問道。

「最好不要演。」

小女孩嘆了口氣，滿心的失望寫在臉上。馬提亞斯討厭看到她這個模樣。這一切真是瘋狂，自從與她在一起，他便變得柔軟；而她也變了，不再像是三天前在小屋裡那樣

57 譯註：耶穌麵包（cougnous），做成耶穌形狀的甜麵包，聖誕節的應景食物。

58 譯註：閃族（Semites），為西亞民族語言、文化的一個分支。猶太人、阿拉伯人等民族皆為閃族。

怕生又倔強。他想起那天晚上她是如何在他懷裡掙扎，隔天她又是如何把他丟在吉普車上，獨自一人在原野裡前行。然而在這裡，她不再緊繃，整個人放鬆了起來。馬提亞斯知道自己應該要把她安置在帕凱的農場裡，讓她跟這些正直的人們在一起，而不是帶著她東奔西跑，展開一場宛若煉獄般的長途跋涉。荷妮彷彿讀出他的思緒，直言說道：

「沒關係，我們走吧。這樣比較好。」

「我們就再留一晚。」馬提亞斯回答。

他們要在這裡暖度聖誕，荷妮會參與晚上的演出，到了明天，他們就會離開這裡。想到將要與她一起重返自然世界，馬提亞斯就忍不住高興了起來。她與他，兩人彼此相依，在這世上捕獵維生，夜夜睡在臨時搭建的簡陋居所。他會教她如何用樹枝搭建帳篷，教她如何駕馭馬匹。他會看著她在火堆旁吃著烤得熟嫩的鮮肉，沾得她細小的手指滿是肉汁；她則會觀察他的每個動作，看得非常專心仔細，安安靜靜。又或者，她會跟他再多說些故事，說故事的時候，火光還會在她深黑色的眼眸中閃爍舞動。

珍走了過來，坐在他倆旁邊；馬提亞斯希望珍快點起身離開。她沉默地看著士兵與小女孩，覺得自己來得不是時候；在他們獨特的關係面前，自己就像個外人，被全然排除在外。不過，下午在牛棚的時候，他是完完全全與她在一起，她感覺到了，她很確定。小女孩親切地對著珍笑，那笑裡滿是憐憫，像把利刃在她胸裡割心：「我知道你愛著他，不過，他是我的。看吧，事情就是這樣，你也不能怎樣。」珍迅速地站起身來，向荷妮說道：

「你要一起來嗎？我們要去找晚上表演的服裝。」

荷妮站起身來，隨著珍走去。露伊絲、布蘭奇、亞伯與夏爾・隆登已在樓梯附近等著，就連昏沉沮喪的蜜雪琳也清醒了過來要跟著上去——大概是因為她終於可以看到小耶穌了，就算不是真的，也比什麼耶穌都沒看到來得好。孩子們一個接著一個，奔跑在連通各個房間的走廊上。荷妮與布蘭奇跑在前頭，露伊絲追上去，蜜雪琳則是無精打采地跟在後頭。夏爾跨坐在亞伯的肩膀上，任憑亞伯一邊學印第安人般大聲喊叫，一邊帶著他跑來跑去。珍讓孩子們盡情跑跳宣泄精力，畢竟他們已經悶了好長的一段時間。聽著孩子笑鬧吼叫，她自己也高興了起來，彷彿戰爭並不存在，好像一切都很正常。

孩子們進了朱爾與蓓特的房間，裡面空間寬敞，擺著一座高大的三門衣櫃，衣櫃上嵌著穿衣鏡，邊角還鑲有獅頭雕刻；另有一座五斗櫃，上頭放了個乾燥花冠，被裝框的照片給圍了一圈。荷妮細眼凝視著他們的結婚照。相框裡的朱爾與蓓特看起來好年輕，差不多是珍現在的年紀，不過蓓特外貌沒珍那麼亮眼，看起來乖巧文靜。照片裡的蓓特，頭上戴的正是那個花冠。荷妮沒有半張照片，她沒有自己的照片，更沒有家人的照片。她在城堡的朋友，有些人身上帶著照片。不過，孩子們被禁止持有照片；因為萬一德軍發現這些照片，事情會變得非常危險。就算如此，凱薩琳仍在她行李箱的內襯藏了兩張照片：一張是全家福，裡頭有她的爸媽與兩個兄弟；另一張則是她的祖母，是位一身黑的老婦人，她身穿黑色蕾絲長禮服，頭戴黑色面紗。

有時候，凱薩琳會在睡前把照片取出，緊緊地貼放在自己的胸口。儘管在黑暗中，照片上的家人，她一個也看不見，但是她不在乎；她對著他們說話，叫喚著他們的名字，一個接著一個，連續不斷，宛若在誦禱經文一般：爸爸，媽媽，約亞金，賽治，瑪莎波波，爸爸，媽媽，約亞金，賽治，瑪莎波波，爸爸，媽媽。有時候，荷妮會爬上凱薩琳的床，她們兩個人靠在一起，同聲念起這些名字。荷妮尤其喜歡說「瑪莎波波」這幾個字，凱薩琳跟荷妮解釋說，她的母語裡，波波就是「祖母」的意思，而瑪莎是祖母的名字。瑪莎加上波波，這個組合給荷妮一種柔軟又香甜的感覺，好像是某種糕點，讓人口水直流。不過，老「瑪莎波波」本人，和這名字在荷妮心裡喚起的美味印象，毫無共通之處：她人長得乾癟，嘴角僵直，眼神又嚴峻。

五斗櫃上的照片中，有張老婦人的照片，那不可能是瑪賽兒，但絕對是瑪賽兒的媽媽了。她看起來很像是瑪賽兒，只是身上的衣服是別的年代的款式。這才是真正的「瑪莎波波」：她一臉圓滾滾的模樣，嘴邊帶著一個微笑，彷彿在跟你說，不用擔心，凡事自有出路。

露伊絲從衣櫥裡拿出絲巾、帽子與衣服來。亞伯與夏爾走進房間，在舊衣與廉價飾品中翻找，邊試穿邊開玩笑。露伊絲走向荷妮，走到五斗櫃邊，拿起乾燥花做的新娘花冠，將它安在荷妮頭上，再把她拉到鏡子前面。露伊絲說：

「你可以當聖母瑪利亞。」

聖母瑪利亞!?這不是瘋了嗎?荷妮不能演聖母瑪利亞，荷妮是猶太人。亞伯問說「猶太人」是什麼意思?但是荷妮自己也不太清楚，她只知道自己不想談到「猶太人」，尤其是不想跟亞伯說。亞伯和「猶太人」毫無關係，而且只想找荷妮麻煩。之後，等荷妮有空的時候，她或許會跟露伊絲說什麼是「猶太人」。亞伯不懷好意地笑著，繼續追問：

「為什麼猶太人不能扮聖母瑪利亞?」

「因為猶太人殺了耶穌。」荷妮平靜地隨口說出。

露伊絲與蜜雪琳同時發出一小聲驚恐的尖叫，亞伯則慘白了臉。

「那……不是羅馬人殺的嗎?」亞伯滿臉疑惑地問道。

「不，是我們殺的。」荷妮緊緊盯著亞伯的眼睛，逞強地說著。

是麗塔，那位駝著背、兇狠易怒的老修女，有天跟荷妮說：猶太人害耶穌基督釘在十字架上。荷妮心想，就是這罪行讓猶太人至今仍招惹德國人和其他人厭惡。若是仔細想想，這也沒什麼好大驚小怪的。每當荷妮看到十字架上的耶穌，尤其是站在教堂殉難畫裡的那十字架前，她便隱約感到羞愧。然而，今天面對的是亞伯・帕凱那輕蔑的神情，荷妮感到得意，看見他面色發白、滿臉驚駭，她感到得意。沒錯，是猶太人殺了耶穌。他們把耶穌送上十字架，釘住他的手和腳，再把他晾在太陽下好幾小時，讓他又渴又痛，難過得要死；但猶太人才不在乎他的痛苦，他們盡是嘲弄他，邊笑邊朝他臉上丟腐爛的蔬果——總之，我不喜歡聖母瑪利亞，我想當大天使加百列。蜜雪琳大哭了起來，露伊絲嚇傻了，夏爾說：「幹！」亞伯氣到脹紅了臉，他原本打算羞辱眼前這個傲慢的討厭鬼，沒想到她竟然當面嘲諷著他，還說出他自己連想都不敢想的事情。此時，蜜雪琳又開始問耶穌的事：

「那小耶穌他什麼時候會來接我呢？」

「小耶穌不會來了，他死了，我已經殺死他了，你剛才沒聽到嗎？」

一片靜默。荷妮紅了眼眶，止不住的淚水如湧泉般流過臉頰。她猛然轉過身，走出房間。淚水蒙住她的視線，荷妮沿著走廊走著，推開一扇半掩的門，走進一個家具都罩上白布的房間。荷妮坐在床邊，覺得好冷，冷得開始顫抖。她必須止住淚水才能重回地窖裡去。她好想念把布偶普洛抱在懷裡的感覺，但是她把它放在地窖的床上。蓓特說服她別再把布偶隨時帶在身上；她那時不該聽蓓特的話。幾分鐘後，孩子們推開房門。露伊絲走向荷妮，雙手輕柔地搭上她的肩膀，在她附近坐了下來。

「你就當大天使加百列吧。不管怎麼樣，那些都是好久以前的事了，都是亞伯先惹你的。亞伯，你答應說要來和好的啊！」

亞伯走了過來，雖然一臉心不甘情不願，但還是把手伸到荷妮面前；荷妮握了握他的手。其他孩子為自己先前的反應感到愧疚，對荷妮親切地笑了起來，早已忘了她那些褻瀆耶穌的話。

珍已經有好幾天沒上樓來看自己的房間，都快忘了德軍留下的滿房混亂：床墊被捅破、窗簾被扯下，抽屜與裡頭的東西都傾覆在地。她要為今天的晚會，選出一件最能凸顯自己的連身裙，希望能再撩撥起馬提亞斯的欲望；她無法接受與他在牛棚裡的擁吻沒有後續發展。她戀愛，她為愛燃燒，只要他開口問她，她會跟他離開。即便他什麼也不問，她也能像在課堂中學到的高盧戰士之妻一樣，跟著他親上火線，在開戰之前挑釁敵人，對著敵方大聲叫囂或是高唱戰歌。

珍打開衣櫃，詳視掛在架上的衣物。她的手停在一塊亮面的布料上，輕輕撫摸著。珍取下一件米色絲綢洋裝，她曾在安奈特姑姑的婚禮上穿過它。安奈特姑姑是她爸爸住在列日的姊妹。珍把洋裝貼上身，對著鏡子裡的自己端詳。好像有點太過隆重了，而且也不合時節。管他的。若要等到戰爭結束再穿，搞不好就已經八十歲了！戰爭！戰爭是男人的玩意，是那些怕自己褲襠裡的東西不夠大的骯髒傢伙的遊戲。不過，「加拿大」士兵不一樣。他似乎置身在遠處，遙望眼前發生的一切；他總是邊看邊微微笑著，那抹笑若不是在嘴上，就是在眼裡。他的嘴，豐腴又結實，上唇的輪廓非常鮮明。珍脫下身上的灰色羊毛連身裙與胸罩，便往自己臉上搓揉，那羊毛滲出一陣專屬於他的強烈氣味。珍吸聞著手裡的布料，嗅探著自己的雙臂，希望能再多吸點他剩餘的味道。她將絲綢洋裝套上自己裸著的胸脯，閉上眼。布料滑過她的臉與胸部，她看見他，她感覺到他一手撫摸著她的乳房，一手滑移到她雙腿之間，進入了她。

馬提亞斯不是她的第一個男人。在馬提亞斯之前，還有個富農的兒子傑曼・喬摩特，他的爸媽覺得珍很適合娶進門，因為兩家富農子女的結合，可以繁衍出一代又一代的富農，直到末日審判那天到來為止。她和傑曼在一起的體驗還不算太糟，只是他太害羞膽怯了，而且又笨拙。不過，自從有了那個士兵之後，這件事就一點也不重要了，珍現在對傑曼一點興趣也沒有。她只想要那個士兵再次觸摸她，佔有她，毫不保留地在她身上釋放。儘管與他有過的事，已夠她一輩子去回味；但是單單這一回，實在是太過淡薄，無法滿足她對他的渴望。她心裡想，這份渴望如此強烈，即便用盡漫長的一生也無法使之消竭。

珍上個月才過十八歲生日：十一月一日，諸聖節。她的生日總是有些古怪，因為大家當天常會帶著毛刷、水桶與發臭的菊花前往墓園。婦女雙膝跪地，一臉肅穆地擦拭著石碑或大理石碑，有時遇到傾盆大雨仍要繼續擦拭，讓面色陰鬱的亡者從鍍金相框裡望著她們工作。之後，大夥就回到家，吃著李子派，再度拾起那些已成永恆而不會改變的回憶，眼眶依例泛著淚水。今年，可憐的尚叔叔年僅四十歲便死於睪丸癌，一百零七歲的老玫瑰在彌撒時逝世，夾在兩位亡者之間，珍的十八歲生日，就在無人聞問的狀態下，近乎不知不覺地過去了。這還沒有算上讓一切雪上加霜的戰爭，若再加上這五年戰事所帶來的摧殘，珍已經很久沒好好過過生日了。珍睜開眼睛，發現丹就站在自己身後，他眼睛透過鏡子的倒影，凝視著她。珍閉起雙眼，然後再把眼睛張開，好像想從惡夢中醒來一樣。可是丹還是一動也不動，站在那裡。他目光淫猥地向她靠近，嘴裡含糊不清地說著英文。

「I saw you through the window...」[59]

「我什麼也聽不懂，你不該在這裡！滾出去！」

珍走向門口，丹一把將她抓了回來，強吻著她的頸間與嘴唇。珍奮力掙扎，賞了他一個耳光。不過，這一巴掌卻讓美國人笑了起來，他狠力一使，把珍推倒在床上，整個人壓在她身上。他一手摀住她的嘴，另一隻手在她衣裙裡摸索：抓她的腹，襲她的胸，捏擰她的乳房。珍痛得眼眶泛淚。丹流汗喘氣，全身微微顫抖。珍使勁掙扎，不斷打他，好不容易把他推開。不過，那男人遠比她強壯力大，他解開自己的鈕釦，再度壓回珍的身上，扯下她的底褲，試圖進入她；但少女掙扎得太劇烈，他一時還無法得逞。珍感覺到那根硬直的陰莖正抵在她的恥骨上，找尋著那處開口，往下移動。多麼令人作嘔，簡直難以想像。珍覺得自己彷彿離開了身體，從高處看著這傢伙忙著強姦她，而她的抵抗都是徒勞一場。她開始感到疲憊，再過不久，他就會進入自己。她使出吃奶的力

59 譯註：「我從窗外看到你……」

氣，出其不意地在丹的骨盆腔上奮力一踢，踹開他。丹整個人被踹飛出去。突然間，朱爾出現在丹的身後。朱爾把丹給抓起來轉身壓上牆，狠狠甩他兩個響亮的巴掌。

「你活該被我打死！你要是再靠近她，你要是再找她說話，你就死定了。Understand? You dead!」

朱爾放開那美國人，開門把他給扔出去。他關上門，坐到珍的身邊，將她抱進懷裡。

「是菲力貝爾跑來找我的。他跟蹤了那個混蛋。明天，我要把所有人都給趕出去。」

第十一章

地窖裡，人們為了演出耶穌誕生，布置出一個馬槽。地上原來就鋪著麥稈，搭配得十分完美。窖底掛著深藍色的絲絨窗簾，上頭縫有用床單裁剪而成的星星。聖母瑪利亞安穩地睡在麥稈上。那是露伊絲，她穿著媽媽的白色睡衣，頭上戴著她的新婚花冠。地窖非常昏暗，所有的油燈和蠟燭幾乎都被滅熄。觀眾們默著聲，心思專注又虔誠。美軍們像孩子般張大雙眼，看似有些笨拙；比起戰場、森林，或是在別的人家，他們樂於待在這裡，不過他們也想念著自己的家園和親人。村民操心著演出的品質。這得要榮耀基督，這得成功才行。孩子們要好好說出台詞，要避免那些慶典遊行行列中的偶發狀況，不可以嬉笑打鬧。朱爾・帕凱一臉陰沉，他太太悄聲問他怎麼了，他生氣地聳聳肩。珍則是容光煥發，沒人看得出她剛剛發生了什麼事。她頭上綁著髮髻，雙唇搽著口紅，身穿絲質洋裝，她美極了。馬提亞斯等待著荷妮登台亮相，卻又忍不住頻頻往珍的身上看去。而那位年輕女子，感覺得到他的目光就在自己身上。

丹躲在角落。那個農夫肯定會閉上他的大嘴，這事一傳出去，會鬧得沸沸揚揚。子彈可是不長眼的……丹躲在暗處，沒人看得到他，不過他什麼都看得到。珍和那個自稱是加拿大人的傢伙，他們之間的眉來眼去，讓他十分生氣。丹很確定那傢伙上了她。就是這樣的深信不疑，讓他丟了理智，使他闖進那少女的房裡。活到現在，他從未被嫉妒給吞噬到這種程度。他試圖對珍做的事，打從這場戰爭開始以來，就已經看著自己的同袍做了好幾次。他本來以為自己能夠完全避開這種衝動。最糟糕的是，一旦機會來了，這種衝動就會再次湧現。那次強姦若是得逞，他知道自己事後會痛打她一頓。他會打爛那騷包婊子的小嘴，打斷她的牙齒，要她吞下她的傲慢。他媽的骯髒小賤貨！但是主啊，壓在她身上是如此令人瘋狂。那柔軟、結實的觸感，以及從她身上滲出的氣味，會讓您抓狂的。她的小穴濕潤，他一碰到那裡，就差點射了出來。但他很快就明白：她若是濕成這樣，絕對是因為她才在另一個混蛋身上做完一趟。

丹看見一絲光亮出現在地窖底部：是個小孩拿著蠟燭。是他媽的天使加百列！而且還是那個猶太人在演。她身上包著紗質窗簾，背後插著兩隻長得不同的翅膀。那翅膀像是拿雞籠網鋪上布料做成的。荷妮沿著地面莊重前行，宛如在地面上飄浮前進，她像捧著聖火般捧著手中的蠟燭，火光在她肅穆的面容上搖晃閃爍。她走到熟睡中的聖母瑪利亞身邊，開口說話，聲音聽來有如蒙受神啟：

「瑪利亞，快醒來。」

露伊絲慢慢抬起頭，一看到大天使，隨即放聲尖叫。

「不要害怕，我是來告訴你一個重大的消息。拉長你的耳朵，仔細聽好！」台下的大家微微笑出聲來。荷妮仍舊十分專心。她把蠟燭放在凳子上，接著掌心朝外，伸開雙臂，一如她在教堂裡看過的神父那樣做。

「瑪利亞，你要懷孕生子，可以給他起名叫耶穌。他要為大，稱為至高者的兒子。主神要把他祖大衛的位給他。他要作雅各家的王，直到永遠。他的國也沒有窮盡。」

荷妮的聲音清亮又有威嚴，在地窖的拱頂裡頭迴盪，聖母領報的每個字都說得十分清楚，彷彿她懂得裡頭所有的深意，所有的奧義。這孩子像被她的角色給附身，軀殼被完全佔據了。珍先前認為大天使的獨白太長、太複雜，難以記誦，但荷妮堅持要把這一長段的獨白都給演出來。荷妮有足夠的能力，而她也證明了這一點。

觀眾深受感動，有些人在胸前畫起十字；露伊絲則是全身顫抖，不知道她是在詮釋恐懼，還是這情感確實襲上她心頭。她該回答些什麼，但什麼也說不出口。後台傳來一陣悄悄細語：「我沒有出嫁……」是亞伯捎來了台詞。露伊絲深吸一口氣。

「我沒有出嫁，怎麼有這事呢？」

「嗯，這就是之後會發生的事……」

自行在福音裡加上這句之後，荷妮停頓一下。這停頓製造了一些喜劇效果，觸發了台下一兩聲輕笑。小女孩對觀眾怒目一瞪，才又繼續：

「聖靈要臨到你身上，至高者的能力要蔭庇你。因此所要生的，必稱為聖，稱為神的兒子。」

露伊絲站起身，雙膝跪地，在天使面前祈禱。

「我是主的使女，情願照你的話成就在我身上。」

「瑪利亞，你在婦女中是有福的。不幸的是，你會受到很多折磨，因為你的兒子會陷入麻煩，而且會被殺死。祝你好運！」

露伊絲輕輕嗝出一聲驚訝。地窖一陣譁然。村民的臉色驚愕。除了馬提亞斯，士兵們都聽不懂。他一方面欽佩著荷妮如此寫實的演出，另一方面又因為她的無禮挑釁而想要笑出聲來。這麼一個奇妙的荒謬情境，逗得他十分開心，而他似乎是唯一一個能欣賞這諷刺的人。大天使荷妮宣告耶穌的王國降臨，他會繼承大衛的位，作雅各家的王；小女孩荷妮則在一陣符合她形象的直率情感下，向聖母保證賜予在她身上的恩典，又要確保她不會用恩典引發的幻想欺騙自己。不過婦人啊，你要小心。生命是個婊子，她給出去的東西，還會再要回去。有生以來第一次，馬提亞斯覺得自己體會了一種全新的感受：歸屬感。他活到現在就是為了看見這一幕，無庸置疑。若是他的存在有任何意義，他就是要在這裡，目睹這場令人難以置信的聖母領報。

正當所有人想著大天使該是時候要退場，荷妮卻俯下身，整個人跪在露伊絲面前地上。荷妮用雙手捧起她的臉，溫柔地親吻了她的臉頰。露伊絲看似不知所措；起先，她還試著抵抗這個親吻。這個動作顯然不在先前的排演裡面，但卻是非常恰到好處、合理又動人。希多妮淚流滿面；蓓特鼻頭一酸，使勁吸氣；士兵們覺得眼睛刺刺的。荷妮拿起放在地上的蠟燭，站起身子，離開聖母瑪利亞。她倒退離場，身影消失在一根柱子之後。天使的離場伴隨著熱烈的掌聲。

下一景，夏爾、亞伯、布蘭奇與蜜雪琳扮演牧羊人，看見夜空上那顆閃耀星辰，決定跟隨它向聖嬰耶穌致敬。接著，馬槽出現。露伊絲懷裡抱著一個玩偶。亞伯此時扮演的約瑟十分逼真，身穿棕色外套，還用燒過的軟木塞畫上鬍子。其他的孩子扮演牧羊人。荷妮加入聖家，依舊是大天使的扮相，起音歌唱：「睡吧，睡吧，小兒子，睡在公牛與灰驢之間……」[60]其他的孩子加入歌唱，隨後連觀眾也跟著唱了起來。最後，在一片掌聲與叫好中，孩子們手拉著手謝幕。這時，朱爾悄悄溜進一個與大地窖相連的小房間，帶了幾瓶酒從裡面走了出來。他突然大喊，嚇了大家一跳。

「這是李子做的！」他高聲宣布：「而且還是上好的白蘭地！我一直想等到該慶祝的場合再開，可是都沒有機會喝……」

珍與蓓特去廚房搜尋，看見能當容器用的東西就拿來，白蘭地一杯杯遞送著。士兵們連聲道謝。大家碰杯，相互擁抱；孩子們脫下戲服回到人群裡面，大夥稱讚他們剛才的表演。聖誕頌歌接連而來，同一時間婦女們則去準備微薄的餐點：那不曾變過的粗麥

60 譯註：法文聖誕頌歌〈在公牛與灰驢之間〉（Entre le bœuf et l'âne gris）。

糊，點綴著一些栗子。那栗子是蓓特之前為了聖誕火雞而偷藏著的，那時大家還夢想著歡慶聖誕。接著還有「為了今晚」而保留的新鮮牛奶。

法蘭絲瓦的兒子看起來特別虛弱：尚的臉色蒼白發灰，甚至連咳嗽的力氣都沒有了。他高燒依舊不退，法蘭絲瓦在角落一邊啜泣一邊安撫著他。希多妮坐在她的身旁。幾步之外，吉娜特正與其他人一同歌唱。希多妮與法蘭絲瓦互看幾眼，兩人的目光隨後移向那位老醫婆身上。她們的密談，吉娜特看在眼裡。法蘭絲瓦這頭可憐的母騾，她終於要吞下她那愚蠢的傲慢了嗎？吉娜特知道，如今可能太遲了，那蒼白的幼小軀體已經被感染了好長一段時間。

法蘭絲瓦站起身，把兒子抱在懷中，朝吉娜特走了過去。吉娜特伸出雙臂，接下病童摟著。她極其溫柔地撫摸著男孩，先是他的臉頰，然後是他的胸膛。法蘭絲瓦一點一點地放鬆下來；吉娜特身上散發出一股宜人的溫暖與能量，她周遭的人都感受得到。荷妮走了過來，坐在醫婆的身旁。這一刻，她不只是擔心小尚，還想知道吉娜特是怎樣與病魔搏鬥。老婦人每一次去幫士兵換敷料，荷妮都在場。吉娜特身上有股力量，那是一種屬於極少數人的魔力。對此，地窖裡的人似乎有些害怕。醫婆把男孩放入鋪在地上的披肩裡，大力搓揉他的胸廓。尚開始咳嗽，咳得越來越大力，最後咳出一大團可怕的綠色黏液。法蘭絲瓦尖叫一聲，同時雙臂朝她的兒子伸了出去。

「別擔心。」吉娜特說：「被咳出來的是病魔。他之後會比較好過。」

她繼續搓揉拍打尚的胸口，嘴裡還邊說著奇怪的話。

「惡毒的咳嗽，我把你從這孩子的身上驅逐出去，就像是耶穌把撒旦從天堂驅逐出去。」

吉娜特的雙手在尚的身體上忙碌了起來，這些動作讓他持續咳出黏糊骯髒的東西，一定就是這些東西妨礙他的呼吸，因為每咳出一次，這孩子就能大口吸氣，他似乎也找回了血色。一小群人圍聚在吉娜特身邊，裡頭也有幾個美國軍人。派克中尉對這場景尤其著迷，他又是欽佩又是恐懼。吉娜特完成了儀式並將尚交還給他的母親，一邊說道：

「今晚，他呼吸會順暢得多，發燒也肯定會退下來。明天，我們再繼續。」

法蘭絲瓦激動地雙手緊握住她，吉娜特卻笑笑地把她的手給撤開。

「不要大驚小怪。你兒子他還沒脫離險境。雞還沒從蛋裡孵出來，不要高興得太早。」

馬提亞斯在遠方看著這一幕。這些儀式，他很熟悉。希初奇瑪絲是巫醫，他時常看她行醫，最先是在他自己的身上看到，然後是在其他人的身上看到。不過，印第安老婦的能力還擴展到靈魂的層面，而也是在這層面上，她的能力最為強大。他要出發回歐洲的幾天前再次見到了她。在刺骨的嚴寒中，她從冬季營地步行出發，沿途經過數條險惡的小徑，走了將近十公里的路，一直走到馬提亞斯的小屋來。馬提亞斯煮了咖啡。小屋裡頭沒有隔間，室內有張桌子擺在正中間，他們兩人各坐一邊，啜飲著鎳杯裡的咖啡。

什麼東西，像是她隨處可見的爛徵兆。或許，這真是個爛徵兆。這沉默讓他感到壓迫，馬提亞斯開口打破寂靜：

「誒，你要不要幾包香菸和麵粉？然後再帶些肉回去……」

「是時候了，我該離開你了，我的孩子。」希初奇瑪絲打斷他。

「但是我再過兩星期就要出發了！」

馬提亞斯很失望。他意識到自己暗自希望她能向他透露一丁點與未來相關的訊息，透過神祕難解的隻字片語，讓他知道那裡有什麼在等著他，就算只是給他一個非常模糊、微小的概念也沒有關係。馬提亞斯認識一個白人，兩人之前會一起去設置陷阱；那白人曾經遇過一個黑腳族巫師，巫師還送他一個預言作為禮物。那個獸皮獵人一開始無法理解預言的內容，但就在一個特定的時刻，那畫面便閃著光芒向他開示。希初奇瑪絲不會做這個禮給他，因為他根本還沒有準備好要接受它。

「我沒什麼要告訴你的。」希初奇瑪絲讀出他的想法。

「我什麼都不缺。」他驕傲地回答。

「喔，不對。」她說：「是我沒看到。被堵住了。當我夢見你的時候，總是看不到你的臉。就這樣。」

老太太起身，套上毛線帽，把方格大毯子披裹在皮衣之上。希初奇瑪絲與他，依循著油燈的光亮，隨著克拉克的陪伴，一路沉默地走到村子裡。夜間散步讓克拉克很開心；牠對於接下來要發生的事情毫無預感，牠的開心純粹是因為馬提亞斯當天原本不打算出門。這天晚上，事情很快就決定好：克拉克要留在村裡。等克拉克明白主人要離開牠的時候，牠那眼神讓馬提亞斯永遠也忘不了。他很自責，他會自責到死為止。這是他最後一次見到他生命中那兩個最重要的存在。直到他遇見荷妮。

第十二章

朱爾・帕凱唱著〈聖善夜〉[63]，他的嗓音低沉而且夠動人。大夥虔誠地聽著他唱，彷彿這歌唱的時刻代替了彌撒。沒人敢出聲跟著他唱，大家的雙唇只是膽怯地嘀咕著歌詞。只有菲力貝爾在唱到「全世界因希望微微顫動」的時候，放聲唱出過尖過假的音調，隨即又停在「跪地的人們啊，等待拯救吧」這幾個困難的音符上，但是他不認輸，以更動聽的聲調再度唱起「聖誕節、聖誕節，這是你的救世主」。孩子們笑到快斷氣，大人們有些驚訝，只有朱爾難以掩飾自己的驟然狂笑。對此，菲力貝爾似乎全然不覺，他那純淨又簡單的靈魂逕自唱著。大概唯有這把人們無法承受的嗓音，在上帝耳中才會是最動聽的，因為「心靈單純的人有福了……」

接下來，大夥開始做些比較輕鬆的事。蓓特把留聲機與唱片搬進地窖。應美國人的要求，從墨利斯・雪佛萊[64]的唱片開始放起，接著是蜜絲瑭姬[65]，然後是幾首探戈與爪哇舞曲接力。朱爾向他的太太邀舞之後，其他人也各自成對，一輪又一輪地跳起舞來：派克和希多妮、珍和麥斯、菲力貝爾和蓓特……鄉警于貝爾負責選播音樂，他十分盡責地扮演自己的角色。唱片一放到底，就換上另外一片，唱針從未在空白處滑過太長的時間。一首特別狂熱的爪哇舞曲之後，于貝爾決定換上莊重一點的東西，在轉盤上放了一張他特別喜歡的唱片。大夥一聽見〈藍色多瑙河〉的頭幾個和弦，瞬間便將臨時搭出的舞池擠得滿滿是人。珍走向馬提亞斯，朝他伸出手去。孩子們在演出的時候，他不是一直對她傳送著熱烈的目光嗎？李子酒讓他如此愜意愉快地轉過頭來，她不禁覺得兩個人有同樣的心意。起先，馬提亞斯禮貌地拒絕，但是珍仍舊堅持，她抓住他的手，把他拖進一群跳舞的人群中。馬提亞斯左手臂摟抱著她，優雅地舉起自己的右臂好接住這位年輕少女的手心。他們跳起了華爾滋，舞姿與其他對的舞者明顯不同。馬提亞斯的舞步寬大，每個轉身都是饒富韻律的悠長滑步，幾乎沒有碰到他的舞伴，卻又堅定地支撐著她。他們佔據了大量的空間，其他人很快就離開舞池，站在一旁看他們跳舞。在馬提亞斯自信又靈活的引導之下，珍看起來輕盈又柔軟，整個人彷彿飄了起來。她渾身綻放光芒。

丹整個晚上都動也不動地待在他的角落，他的嘴唇被自己咬出血來。一開始，荷妮被舞者給迷住了，隨後又把注意力移回到丹身上。那個美國人以極端兇狠的目光，斜眼

63 譯註：〈聖善夜〉（Minuit chrétien），法語聖誕頌歌。
64 譯註：墨利斯・雪佛萊（Maurice Chevalier，一八八八—一九七二），法國男演員、歌手。
65 譯註：蜜絲瑭姬（Mistinguett，一八七五—一九五六），法國女演員、歌手。

細查馬提亞斯的一舉一動。他倆旋轉得更加快速。意亂情迷的珍，對馬提亞斯微笑著。馬提亞斯仍較為節制，他的身體在移動時展現一種極致的優雅，幾乎像是一種緊繃的僵硬。丹心想，哪裡的人會把舞跳成這樣。在世界邊緣的偏僻角落獵捕海狸毛皮，不可能學會把華爾滋跳得跟克拉克・蓋博[66]一樣……

音樂的節奏變得非常快，就要接近歌曲的尾聲。珍與馬提亞斯全速旋轉；珍忍不住大聲笑了出來，馬提亞斯也看起來十分陶醉。荷妮雙眼緊盯著丹的臉，他似乎正醞釀著一個想法。這首曲子以維也納華爾滋典型的張力作結。舞者再度面對面，全忘了神，氣喘吁吁……就在這個時候，馬提亞斯做出了令人吃驚的動作：他向珍行軍禮，動作非常直硬，雙臂貼著身體，鞋跟在地上敲出喀啦的聲音。

丹起身大叫：「這傢伙是德國人，這傢伙是個卑鄙的間諜！」

大家動也不動，什麼話也沒說。馬提亞斯則是僵在那裡，一副吃驚的模樣，失去他平時處事的淡漠態度。然而，就在大家來得及反應之前，他抓起放在角落的衝鋒槍，舉槍瞄準所有人。

「珍，兩條毯子。蓓特，我的外套。」

珍站著不動，兩眼無神地看著馬提亞斯。蓓特依照他的指令行事。

「把東西都交給荷妮。」

蓓特朝小女孩的方向看去，她脫開吉娜特的懷抱，朝蓓特走去。小女孩的臉上閃耀著一種強烈的喜悅。蓓特遲疑著是否要依照馬提亞斯的要求行事。荷妮在她面前伸出雙臂要接下包裹，她身子往後退了一步。

「交給荷妮。」馬提亞斯厲聲命令著。

蓓特把包裹交給小女孩。荷妮把它緊緊摟在自己身上；她整個人緊繃起來，已做好十足的準備，來面對接下來的事件。村民不知所措；他們甚至還不明白剛才發生了什麼事。一切都發生得太快。而且，馬提亞斯已不再是同一個人，不再是那個剛才還跟大家乾杯說笑的人了。他舉著槍，對準著他們，不再有任何情緒。他是個殺人機器。對著那些還無法相信的人，他接著說：

「誰動我就殺誰，你們聽清楚了嗎？」

馬提亞斯察覺出強烈的憎恨在某些面容上綻放開來，彷彿這情緒一直等著孵化，已經等了很長一段時間。年輕亞伯的臉、法蘭絲瓦的臉、鄉警的臉。在馬提亞斯從他們身上召喚出的恐懼背後，有一種潛在的狂喜、病態的魅力。真是可悲陳腐的人性！馬提亞斯避眼不看那些士兵，他實在太想把他們當場擊斃。珍依舊意志消沉，整個人看似在他方。馬提亞斯感到一種奇特的寧靜，彷彿事情終於回復正常。他本來對著這些人扮演一個角色，而現在他終於可以露出自己的真實面貌了。

66 譯註：克拉克・蓋博（Clark Gable，一九〇一—一九六〇），知名美國演員，代表作為一九三九年《亂世佳人》（*Gone with the Wind*）一片中的白瑞德角色。

在他這些受害者候選人面前，某個東西從他腦中閃過，像是一種啟動開關的聲響、一種巴夫洛夫式的制約反應：他準備好要把他們全都殺死，如果有必要，不論是老瑪賽兒，還是小尚，沒錯，即便是珍，他也會照殺不誤。讓他們的腦漿飛濺在地窖的牆面，讓他們支離破碎地交疊在彼此的屍體之上，這些事情，他完全辦得到。他還差點就要用一連串的子彈把蓓特打穿，因為她摟住荷妮，不讓她過來他身邊。馬提亞斯對空鳴槍，所有人都尖叫出聲。朱爾走了出來，勇敢地站在他太太的面前。

「小女孩留在這裡會比較好。」他平靜地說道。

馬提亞斯不想把他轟到墓地裡去，但也不要他扮太久的英雄。

「荷妮！」馬提亞斯大叫。

蓓特鬆開雙手，小女孩挪動身子，走過朱爾身邊。然而，正當她要穿越與馬提亞斯之間的三公尺之距，丹把她攔了下來。馬提亞斯持槍瞄準著他。

「丹，放開她。」派克命令道。

「別想。我抓到他的小寶貝，他要離開一定會帶……」

丹還來不及把話說完，便倒落在地，額頭穿進一顆子彈。村民們放聲尖叫，荷妮跑向馬提亞斯。混亂中，麥斯竄到德國人的身後。馬提亞斯注意到他，用槍托朝他下腹送上一記重擊。麥斯整個人彎成兩半，然而在他跌落地面之際，成功擊中馬提亞斯的膝關節，馬提亞斯因此失了平衡倒下去。士兵們立即衝向他；崔茲拿著一塊木柴朝他猛打，其他人對他輪番揮拳痛擊。荷妮一邊放聲大喊，一邊衝進人群之中。派克把她抬了起來，蓓特已在一旁要接住她。荷妮奮力掙扎，又抓又咬，得要朱爾前去幫忙，才能控制住她。

派克中尉試著恢復他部隊的秩序。這些手下狂暴憤怒；他們一邊放聲辱罵，一邊揍馬提亞斯的肚子、打他的頭。派克舉起手槍，對空開槍。士兵們的拳腳終於放過馬提亞斯的身體；他的臉滿滿是血，意識全無。一看見他那樣子，珍隨即轉身開始嘔吐。派克仔細在馬提亞斯身上搜查，找到掛在他褲子後頭的刀鞘。派克抽出短刀，一臉困惑地看著，然後將它收回刀鞘。

「麥斯、崔茲，把他抬到酒窖裡去。天一亮，我們就拔營出發，把他帶走。」

沒有人動作。士兵們保持著沉默，無語之中滿是憎恨。丹的屍體就躺在與他們不遠之處，他雙眼瞪大滿是驚訝。

「你們沒聽到嗎？你們的屁股給我動起來！」派克大喊。

「這該死的狗屎王八殺了丹。」麥斯脫口說出。

士兵間響起一陣認同的叫喊，甚至連于貝爾和小學老師韋爾納等平民都加入其中。朱爾觀察著他們。于貝爾有著一張十分醜陋的臉，這是朱爾認識他四十年以來，第一次意識到這件事情。農場主人不得不承認，他對馬提亞斯早就有些疑心，不用等到他那笨兒子跑來跟他告密。馬提亞斯第一次出現在他面前，在他劈柴的時候，他就知道了。朱爾說不出他自己是怎樣知道的，就是純粹的直覺。他覺得這傢伙挺友善的，就裝作什麼事也沒有的樣子。他會知道，也不單是因為他帶著那個小女孩。不，這一切就是沒有理由。朱爾之前還希望他能夠盡快離開，大夥就不會落入現在這樣的局面，而丹也不會試圖侵犯他女兒。

那個下流胚子倒在他眼前，看起來比活著的時候還要蠢。至於那個德國人，他才剛被狠狠毒打一頓。那些美軍像是暴徒一般打著他，這實在令人作噁。沒錯，他不只是敵人，而且還是個作假的騙子。他或許該死，但是不該被如此對待。而且荷妮還目睹了這場暴行……朱爾環顧四周，找尋著她：她已走到一旁獨自坐靠在牆上，離其他人遠遠的。

朱爾知道，如果派克沒有介入，這些士兵會殺了那個德國人。韋爾納懂一些英文，他翻譯出中尉的話：他想訊問他。他說，從他身上獲得的情報或許能拯救生命，而那個德國人應該接受審判並且依程序處決——畢竟他們美國人不是野蠻人。關於最後這點，朱爾就不太確定了。於是馬提亞斯被拖進與大地窖相連的酒窖。派克與大個子麥斯待在酒窖，其他士兵回到他們的地窖，只留兩個士兵留在村民附近負責守衛。幾分鐘後，竊竊私語聲在大地窖裡逐漸湧起，很快就集結成沉悶的轟隆聲。

「猶太人保護德國鬼子……我們全都看到了。」于貝爾說。

「而且還是個小女孩！」

這是法蘭絲瓦說的話，她對荷妮投以兇惡的目光。

「我，我一開始就覺得她很奇怪。」于貝爾誇大地說著。

「你們真的認為她知情嗎？」希多妮問道。

「她當然知道。」于貝爾和法蘭絲瓦異口同聲回答。

「她已經沒有任何人了。」蓓特若有所思地嘆著氣。

「不過，他為什麼沒有把她殺了？」法蘭絲瓦問道。

這是每個人心中的疑惑，他們難以想像他們兩人之間發生了什麼事。

「他動了惻隱之心吧。」蓓特回答：「還是有些沒那麼壞的德國人。而且還是這麼個小女孩，所以……」

人在不遠處的朱爾聽見他們的對話。他知道，蓓特的答案不對，但也不是全然皆錯。惻隱之心並不像是會深植在那德國人心中的情感；而不管荷妮的年紀有多小，她實際上引起的情感也不會是憐憫。這對奇怪的組合另有隱情。

「你們覺得，他們會殺了他嗎？」希多妮問道。

「我希望是這……」于貝爾打個嗝，接著說道：「要是他沒被牛仔給槍斃，就要被德國佬給砍頭了。」

「砍頭？」

許多人同時問道。

「德國人就是這樣懲罰叛徒的。」于貝爾邊說邊做著會讓人聯想起畫面的動作。

這些話，荷妮全聽進耳裡。況且，他們根本就逕自討論，毫不考慮她的感受。荷妮知道砍頭是什麼意思。她想像著馬提亞斯全身站得直挺，脖子以上空無一物，他的頭就夾在他的左臂——就像是她看過的那幅吉夏爾的畫，吉夏爾和蒙托邦的雷諾是兄弟，是艾蒙四兄弟的其中之一，他死的時候頭被割斷。這畫當然荒謬，死人不會站挺身子，也不會把頭夾在手臂裡。但荷妮就是無法想像馬提亞斯死的模樣。完全無法設想。她抬起頭，環顧四周。那些剛才在說話的人，一見到她的視線與自己的目光有所交會，就撇過眼去。她的目光落在吉娜特身上，吉娜特對她笑了笑。不過比起老婦人懷裡的溫暖，荷妮更想要獨處——她得好好思考。

第十三章

馬提亞斯猛然從昏迷中醒來。派克與麥斯往他身上潑水，瞬間，疼痛撕扯著他的全身。他的手腕與腳踝被緊緊綑綁。他發現派克坐在地上面對這邊，但馬提亞斯卻只有一隻眼能看見他，那另一隻眼肯定被打得腫脹淒慘了。麥斯則站在門邊。

來了，訊問要開始了，大家要開始「聊聊」了。美國佬會問到他們想知道的，而且很快就會問到。馬提亞斯真的沒打算要為自己隱瞞半點資訊。對情報有所保留，只會讓他多挨上幾拳，而且即便有了好時機，他也毫無機會脫身。快啊，派克，想知道什麼就問，有很多事好問，而且一問就有答案，不用費力！來吧，老頭，快開口問。今天你走大運，你搞不好會拜我之賜升官晉級。其他人在戰場上領死的時候，你藏身在這座溫暖農場，你之後若要升上校，當然不可能是靠這樣升官！一個拳頭飛擊上馬提亞斯的下顎，他的頭撞上身後的牆壁。揮拳的人是派克。馬提亞斯這才發覺自己無意間將想法都講出來了。這可不是個好主意。好吧，既然沒人要問他問題，那就自己開口吧：

「我是格里芬行動的一員。這行動的策劃者與負責人，是一級突擊隊大隊長奧托・

斯科爾茲內……」

「喔，不。怎麼會是他！」

是麥斯在說話，他語氣攙雜著仰慕與恐懼。

身為這老奧托的手下，總能製造出這樣的效果！真是不可思議，即便是在同盟國的軍隊裡，這傢伙依然是廣為人知。他真是個傳奇！好吧，等那個高大的麥斯從驚訝中回過神後，再繼續說下去。不過，派克一副困惑的模樣，斯科爾茲內這個名字，他沒有印象。

「中尉，就是那個瘋子，他搭滑翔機解救了墨索里尼！」

麥斯隨即轉身面向馬提亞斯。

「你，你有參與那個任務？」他幾乎是興高采烈地問出口。

「二等兵德爾加多！」派克破口大罵。

馬提亞斯有參與，他參與了那個任務。不過那個德爾加多已被喝止，無從得知這答案了。派克對那任務，則是毫不在乎。解救義大利的法西斯領袖，是個光榮的回憶；任務結束之後，他們全散發著榮耀的光環，在善良百姓與元首的眼中就像是半人半神的存在。不過，那一次祕密行動的成功，主要應歸功於莫爾斯少校指揮的傘兵，他們的功績要比疤面煞星手下的隊員大得多。

「中尉，斯科爾茲內手下的人，都是瘋子，是戰爭的野獸，百分之百的納粹黨衛隊。他們一天到晚都在偽裝，專門滲入同盟國軍的前線，他們會突然冒出來，趁你在撤尿的時候把你殺了，他們什麼語言都會說，他們會……」

麥斯還來不及描述完疤面煞星手下精采絕倫的事蹟，派克便把他拖到門外，獨留馬提亞斯一人在酒窖。麥斯確實精準速寫出馬提亞斯自一九四三年春天以來的娛樂消遣，而這些敘述，也跟斯科爾茲內那晚在阿德龍飯店[67]用來說服馬提亞斯的說詞，相去不遠。在馬提亞斯被說服的前幾天，那個黨衛軍軍官再次來看他受訓。馬提亞斯從浴室走出來，腰間圍著一條浴巾，當他正要刮除臉上的鬍鬚，便看見斯科爾茲內的高大身影從暗處冒了出來，映照在鏡子裡面。

斯科爾茲內總是這樣出其不意地驟然出現。

「你很頑固。」馬提亞斯對他冷冷說道。

「看著你，我怎麼也看不膩。」斯科爾茲內邊說邊靠得更近：「真是迷人的景致。」割劃在他左臉頰上的刀疤，在強烈的霓虹光線之下，顯得更加深刻。他看著馬提亞斯，仔細地從頭到腳好好觀察。

「苗條又修長，如獵犬般敏捷，如皮革般堅韌，還如克虜伯鋼鐵般堅硬……」[68]

67 譯註：阿德龍飯店（Hotel Adlon），曾為歐洲最著名的飯店之一，長期為柏林上流社會的社交中心。

68 譯註：出自希特勒於一九三五年對希特勒青年團發言，這是他對德國少年的期許。克虜伯（Krupp）家族為德國工業界望族，德國第三帝國時期為希特勒支持者；其家族企業克虜伯公司是以鋼鐵業為發展重點的重工業公司；兩次世界大戰中，克虜伯兵工廠在國際上都是重要的軍火生產商。

斯科爾茲內用誇張的語調說出這些話，彷彿在誦讀歌德的詩句一般。真的只有那個納粹小鬍子，才會用如此幼稚的比喻，來讓自己的幻想永垂不朽。除此之外，這比喻中還散發著古怪的氣息，來自受壓抑的同性戀情欲；但若要喚醒元首的無意識性欲，斯科爾茲內並不是最佳的人選。況且，佛洛依德是猶太人，德意志民族已免除了無意識這毛病，無意識這東西是專屬於次等種族的噁心缺陷。人們可以依據納粹主義的喜好，創出各種新詞來形容德國，說這個國家「Unbewusstfrei」——是個不受無意識綁架的國家。

馬提亞斯平靜地刮完鬍子，斯科爾茲內走向前，跟他靠得更近。

「那是我們元首對於完美雅利安人所下的定義，不過馬提亞斯，你比那定義還要出色。」

疤面煞星看著他，眼裡充滿磁性。沒什麼好說的，這傢伙散發著某種東西、一種令人無法漠視的氛圍。馬提亞斯脫開他的目光，洗起臉來。

「我已經跟你說過，我不會加入的。現在，我想要一個人靜一靜。」

「你今晚有空嗎？來阿德龍飯店吧。那裡有一場向埃米爾・傑寧斯[69]致敬的小型舞會。我等你。就約差不多八點的時候？」

「我不喜歡社交活動。」馬提亞斯回答。

「真的嗎？」斯科爾茲內問，一邊傲慢地咧嘴笑著。

馬提亞斯到了奢華的阿德龍飯店，他頭髮抹得油亮，鬍子刮得乾淨，佩戴著他的橡葉騎士鐵十字勳章[70]。他踩著猛獸般的步伐穿越人群，人群一分為二，兩旁的男男女女都停止交談——馬提亞斯很清楚自己營造出什麼效果。有幾對男女跳著一種納粹化後顯得平庸的探戈；那些在馬提亞斯身上游移的目光，和現場的音樂一樣，都顯露著同樣黏膩的委靡感傷。一切讓人覺得沮喪——不過，這天晚上，在這場典型的新帝國晚宴中，馬提亞斯卻是享受這樣僵化又懶散的氣氛，這些戴著面具的傀儡裝腔作勢，擺出愉悅、渴望、莊重或是無聊的模樣。看看這許多毫無生氣的機械化身影。真是既讓人毛骨悚然又頹廢墮落，既令人狂喜又有損健康。斯科爾茲內待在一個陰暗的角落，獨自坐在桌邊，馬提亞斯走向他。他毫無節制地抽著菸，被厚重的藍色煙圈給包圍。兩只香檳酒杯等在桌上。馬提亞斯才剛坐下，服務生便抵達桌邊，將酒杯裝滿冒泡的金黃色液體。

「敬我們！」斯科爾茲內舉起酒杯，低聲說道。

馬提亞斯舉杯照做，一句話也沒說。

「馬提亞斯，風向正在轉變。阿勃維爾[71]已經失去他們神聖不可侵犯的氣息了。蓋

69 譯註：埃米爾・傑寧斯（Emil Jannings，一八八四—一九五〇），德國演員，廣受一九二〇年代的美國好萊塢歡迎，於一九二九年成為美國奧斯卡金像獎史上第一位最佳男主角獎得主。

70 譯註：鐵十字勳章（Eiserne Kreuz）為德國軍事勳章，用以表彰在戰場上有英勇表現的人員，一八一三年普魯士王國時期便開始頒發。二戰期間希特勒改良獎勵制度，使得軍官與普通士兵皆有資格領受勳章；橡葉騎士鐵十字勳章為一九四〇年推出的較高階款式，僅授予八百九十人。

71 譯註：阿勃維爾（Abwehr），德國於一次世界大戰後所成立的軍事情報單位。

世太保[72]正在進行偵察。再過幾個星期、幾個月，著名的布蘭登堡部隊就要結束了。」

阿勃維爾是參謀部的情報機構，是布蘭登堡部隊的情報來源，負責人是海軍上將威廉・卡納里斯[73]，他是一個狡猾的老頭，不喜歡別人打探他的事務。此外，卡納里斯不是最狂熱的納粹主義者。蓋世太保與負責黨衛隊情報活動的保安處，有好幾年的時間都試著要摧毀阿勃維爾，卻始終徒勞無功。不過，據說蓋世太保就要敲響那老狐狸的喪鐘了。布蘭登堡菁英部隊將要被解散，隊員將歸併入黨衛隊之中，馬提亞斯拒絕這樣做。斯科爾茲內親切地提醒他，若是拒絕的話，接下來的戰爭，他可能會在面對俄國的前線當個狙擊手，而且這還是他運氣好的情況，若是運氣差一點的話，他就得在辦公室裡面對著無線電。

這些，馬提亞斯全都知道。疤面煞星口袋裡沒有其他的說詞，可以說服他了嗎？馬提亞斯喝光手中的香檳，往舞池的方向看了過去。有個臉色蒼白、髮色極黑的女子，吸引了他的注意。她正與埃米爾・傑寧斯跳舞——那位高大的演員、今晚人們慶祝的主角。他們懶散地跳著華爾滋；傑寧斯的嘴唇在年輕女子帶著貝飾的耳邊，像隻濕潤的軟體動物般逕自扭動，而她則是一臉極度厭倦的模樣。女子察覺到馬提亞斯停留在她身上的目光，微微對他一笑，神情有如看破一切。斯科爾茲內第三次把兩人的酒杯裝滿，遞了一根菸給馬提亞斯，自己也拿了一根，用他那金黃耀眼的打火機把兩根菸都點燃，那打火機上還裝飾著鑲鑽的骷髏頭。斯科爾茲內注意到馬提亞斯與那女子之間的眼神交流。

「寶拉・馮・符洛神布格。」他說：「帝國境內最有錢的寡婦之一。我手上有她的資料。對我們來說，她會有用處。」

「你是說除了床上之外的用處嗎？」

斯科爾茲內只是微微一笑，隨意朝那年輕女子看了一眼。他目光再度沉浸在馬提亞斯的眼中。

「我想創造一種新型的戰士，一種全新的戰爭冒險家。一種完滿無缺的存在，靈感無窮如獲天啟，又思路清晰聰明機靈，直覺敏銳而行動有條理，一個能夠躍出水面又能從天而降的人，一個能混跡於敵城人群還能融入其中的人……一個能夠變成敵人的人。」

對馬提亞斯來說，這新型的戰士一點都不原創。躍出水面、從天而降、變成敵人，在這三年又多一些的時間，早已是他的日常生活。不過，疤面煞星的語氣中帶著某種撩人的東西。那美麗的寡婦已停下舞步，正走回自己桌邊。經過他們附近時，她伸出那細長白皙的手，悄悄地輕掠過馬提亞斯的椅背。斯科爾茲內那令人出神的聲音伴隨著那寡婦的動作響起。

72 譯註：蓋世太保（Gestapo），為德語Geheime Staatspolizei的縮寫，意指納粹時期的「祕密國家警察」，中文裡常將其縮寫音譯為「蓋世太保」。

73 譯註：威廉・卡納里斯（Wilhelm Franz Canaris，一八八七—一九四五）。

「對於這新型態的人而言，戰爭本身只會是一種過時的東西。他將會超越戰爭。」

納粹靠幻想來振奮士氣，他們的動力會被幻想完全激起。很多時候，這讓他們顯得可悲，但有時卻又深具魅力。這一刻的斯科爾茲內就是如此可悲又深具魅力，他那豺狼般的笑容，以及那一雙瞳孔睜大的眼睛，彷彿沉浸在華格納歌劇式的幻象般。事實上，那雙眼睛正看著馬提亞斯，看得出神：他就是那蒙受天啟的新型戰鬥人員，他就是那完滿、完美與究極的存在，他就是那「超越戰爭」的戰士。斯科爾茲內的模樣，既令人陶醉又十分荒謬。不過，馬提亞斯決定放任自己一同陶醉，順從那驅動著疤面煞星每寸肌理的幼稚欲望，讓自己成為這終極夢想的化身。這一次，他聽從斯科爾茲內的話，而且感受到一種近乎肉欲的快感。

「我向你提議的事情和你熟悉的事務毫無關聯。馬提亞斯，這涉及的是一場截然不同的冒險。一個完全為你訂做、符合你形象的夢想。」

馬提亞斯喝光了第五杯酒。樂隊終於開始演奏一首較有活力的探戈。他握住斯科爾茲內的手，表示贊同。他起身，走向那個寡婦，帶她去跳舞。她在床上不像在舞池中那般令人興奮，天還沒亮，馬提亞斯就起身離開她。這個女人跟納粹的探戈一樣可悲。

一星期後，他在黨衛隊宣示就職，左手臂內側刺上了編號。跟猶太人一樣，他心想。放在籃子上頭的菁英，跟擺在籃底最深處的人，有權獲得同樣的待遇。事實上，這是源自於一個不可改變的邏輯：遊戲若要完美、平衡，好人與壞人就必須如鏡像般相互依存。好人與壞人必須**同時存在**，就那麼簡單。納粹幻想要把猶太人逐出地表，但是猶太民族的滅絕，事實上會導致納粹的滅絕，因為納粹主義存在的最主要目的，即是要消滅猶太人。純正的納粹要定義自身，也只能靠著他的對立者、他的反方，也就是猶太人。沒有猶太人，納粹便回歸虛無。儘管聽來令人頭暈目眩，但這套邏輯的成就無庸置疑，它能解釋為什麼納粹要選擇一個如此醜陋、痛苦、污辱人的方式——把數字刺在手臂內側——來作為社會菁英的象徵，也作為社會敗類的象徵。

派克回到酒窖。他沉默了一會問道：

「那個小女孩，她是誰？你跟她在搞什麼鬼？」

「你確定這是你想知道的？問格里芬行動比較好吧？」

「問問題的人是我！」

派克深吸一口氣，坐上一個木箱。

「有人把她託給你，是嗎？」

「沒錯，在我扮成美國人的時候。」

「你應該把她除掉的。你們習慣這樣做，不是嗎？」

「對。」

「為什麼你沒有對她這樣做？」

馬提亞斯想給出一個誠懇、真實，又能讓自己豁然開朗的答覆，但是他做不到。

「我不知道。」他坦承。

他預期那美國人會做出憤怒的反應，然而美國人卻看著他，眼神帶著一股近乎同情的關心。這個派克真的不是軍人的料。應該讓他平靜地在明尼蘇達州做著他的工作，對國中生傳授學問或是做其他什麼類似的事。派克之前說過他入伍前的工作，但是馬提亞斯忘了。

「好吧，關於格里芬行動，你得給我說清楚。」派克嘆氣說道。

馬提亞斯挺起身子，開始說明出任務的間諜數量，解釋上頭如何命令他們拿下馬士河上的橋梁以利正規軍的入侵，並且讓正規軍抵達安特衛普取得燃料庫。三條預先規劃的路線，馬提亞斯都在地圖上指了出來。

「這行動成功的可能性有多高？」派克問道。

「毫無可能。」馬提亞斯笑著回答：「就只是做個樣子。」

派克抑制住因恐懼而起的寒顫。他點燃一根菸，若有所思地抽了兩口。

「明天你的腦袋會留在原位……不是因為你為小女孩所做的事。」

「喔，是嗎？我以為我會拿到個獎牌。」

派克不禁笑了。

「你們大部分的隊員都會抵死不從，而不是提供資訊。你想要什麼？」

面對派克的問題，馬提亞斯愣住了。他想要什麼？他覺得自己好累，彷彿從來沒有這樣精疲力竭過。他上次這麼累，是在戴著法國軍帽的時候。自從上個滲透法國抵抗運動的任務之後，他不再覺得這場戰爭有趣。那時他必須在村子的廣場上槍殺三個青少年──兩個十九歲的男生和一個十八歲的女生。兩個男孩的母親是個極為勇敢的婦人，她收容他、供他吃食了好幾個禮拜的時間，而他要當著她的面，從背後槍決這三個逃跑的年輕人。那一天，他告訴自己，是死是活已經近無差別，作為一頭訓練有素的戰爭野獸，只要別死得太過容易就好了。這不是他所能控制的。荷妮一來，改變了一切。他再次有了活下去的渴望，為了她，為了自己。為了和她在一起，他想要活下去。他是這樣告訴派克的。派克給了一個遺憾的微笑，因為他設想的發展不是這樣。

第十四章

晚上的事變讓珍陷入昏沉之中，要經過好一段時間，她才能脫離這樣的狀態。她先是手足抽搐顫抖，之後開始大吐特吐。她的腦袋全是空的；她只有身體能做出反應，以酸熱的膽汁傳達感受。陣陣痙攣讓她精疲力竭，她把外套當作床墊躺在上面，意識飄浮在半昏半醒之間，今晚的畫面穿梭疊加進過去幾天的影像，像在搬演一齣令人作噁又昏昏欲睡的芭蕾舞劇：馬提亞斯持槍瞄準著村民；馬提亞斯那晚帶著荷妮走進廚房；馬提亞斯把她抵在牛棚的牆上；馬提亞斯忙著吃東西、說話、微笑、行走、用手滑梳他的頭髮、放空無所事事、對著熱咖啡吹氣、持槍瞄準著她；他的頸背緊貼著她；他的氣味、他的皮膚、那在皮膚之下的血管跳動……他冰冷的目光、他開槍的決心、他的嘴唇、抵在牆上、抵在牆上……

又一陣胃酸逆流，迫使珍站起身，緩步走向蓓特擺在角落的水桶。她每吐出一口，便覺得自己少一些混亂，然而這感覺並沒有持續下去。這一次，她被自己先前壓抑的回憶逆襲：那些毆打、美國士兵對他的暴行，打在他背上、腹部的拳打腳踢。就是從這一刻起，她開始嘔吐。她想知道他是否還活著。似乎所有人都希望他死。他是個德國間諜。所以呢？這是戰爭，為了達成目標，不是可以不擇手段嗎？他騙了所有人。嗯，要不然他還能怎麼做？離開，沒錯他可以這樣做。不過，他想要留下來。珍很希望自己能夠相信，他留下來是為了她。不過，是荷妮，是荷妮把他留在網子裡。她好像對他施了咒語，也等於是把他推向死亡；因為美國人要帶走他，還要槍殺他。珍對小女孩的憎恨突然大增。而當她一想到馬提亞斯的死，竟然感受到某種喜悅，她自己對此也覺得訝異；但這喜悅，卻又幾乎在瞬間被陰鬱的絕望與憤怒給取代。珍躺在老瑪賽兒對面，她睡得非常幸福安詳。老人家耳背，那些極度暴力和那場驚天動地的揭密，無疑被重聽的雙耳擋去大部分。至少，珍是這樣希望的。她轉過身，背對著老太太，依偎著妹妹。正要睡著的時候，她看見一個影子迅速鑽進樓梯間裡。

馬提亞斯的腹部與左眼仍舊難受，不過別處的疼痛已經漸漸麻痺。氣窗上堆著一道狹長積雪，他看著月光折射在上頭。他聽見貓頭鷹的叫聲，卻沒聽見任何爆炸聲，聖誕夜似乎讓人們心照不宣地休戰一晚。再過不久，他就可以出去，終於能夠舒展自己的雙腿。或許，一切就會在那裡結束，結束在那些美軍要帶他去的地方——要是他們在這片混亂中還能找到自己人的話。

他那時就像個新手一樣被耍了。僵直的軍禮與鞋跟的敲擊聲，就像是艾瑞克・馮・

史卓漢[74]在那部法國電影裡演的德國軍官。那部電影被希特勒禁播前，馬提亞斯曾在巴黎的電影院看過。那德國軍官與馬提亞斯，兩個人就只差了一個單片眼鏡而已。回想起那支與珍一起跳的華爾滋，馬提亞斯開始放聲大笑：自以為所向無敵，自以為感覺良好，感覺眾人的目光聚焦在自己身上就興奮得微微顫抖，不過妄自鬆懈了一秒，那些自以為藏得很好的舊有慣性動作，就被身體找了回來。看吧，你就像隻老鼠，困在這裡。說到底，人無法完全拋開自己的身世。良好的教育、俱樂部、劍術比賽與舞會，這些都會從人的身上滲漏出來，而且會緊緊黏在腳底跟著人直到進了墳墓。扮了幾年的大衛・克拉克[75]，執行了幾年的諜報任務，不會改變自己的出身。那部電影的名字，正是《大幻影》[76]……

馬提亞斯早該要小心丹，他低估了丹的直覺與妒忌。又或許是因為他已經太老，不適合這種騙人的遊戲？他也才三十五歲而已——不過希初奇瑪絲說他一出生就有個老靈魂。

當生命才開始有了意義，就要眼看著自己的性命結束在這裡，他應該不是第一個經歷這種事的人。多麼的陳腔濫調，簡直荒謬可笑。他心想，希初奇瑪絲那時是不是有幫他看得更清楚，除了一個沒有面容的傢伙，還有看到其他東西嗎？她還活著嗎？他忽然意識到，這是自己第一次想到這個問題。馬提亞斯把克哈克留在村裡的時候，牠已經九歲了。現在，牠大概已經入土為安，到地下和牠私藏的那些骨頭作伴。至於他的父母，馬提亞斯已經超過一年沒有半點他們的消息。他姊姊之前會定時寫信給他，告訴他大家的近況，這些信件卻在某一天沒了後續。馬提亞斯最後一次見到自己的母親，是在一九四三年的春天，他加入黨衛軍的時候。當他向她宣布這件事，她用法語回道：「這又改變得了什麼！」然後繼續編織著粗毛線衫，準備要送給援助戰爭孤兒的慈善機構。她變得悲傷而黯淡。他要離開她了，強打起精神親吻她那憔悴的臉頰。母親兩手搭上他的肩膀，什麼話也沒說，凝視著他看了很久。他看見那黯淡的目光突然一亮，閃過一絲母愛的光芒，隨即又回復黯淡且嚴肅的眼神。

馬提亞斯抬頭望向氣窗；他聽見鬼鬼祟祟的細碎聲響，像齧齒類動物在刮窗抓地。一隻圓滾滾的小手，扯著氣窗上的破鐵網。馬提亞斯站起身，跳行至眼前的牆面。不久，氣窗外冒出荷妮的臉。

74 譯註：艾瑞克・馮・史卓漢（Erich von Stroheim，一八八五—一九五七），演員、導演、製片人。史卓漢出生於奧匈帝國統治下的維也納，一九〇九年移民美國，第二次世界大戰之前曾在法國發展，二戰爆發後返回美國，一九五七年於法國逝世。

75 譯註：大衛・克拉克（Davy Crockett，一七八六—一八三六），美國政治家、戰爭英雄。克拉克曾參與對抗克里克族（Creeks）原住民的戰爭，但後來政治立場轉向與原住民和平共處，反對「印第安人遷移法案」（Indian Removal Act），因而選舉失利。

76 譯註：《大幻影》（*La Grande Illusion*），一九三七年上映的法國電影。導演為尚・雷諾瓦（Jean Renoir），他是印象派畫家雷諾瓦之子。

「你在這裡做什麼!?」

「拆鐵網。我要進去裡面。」

「不行！快回去地窖裡！」

小女孩繼續拆著鐵網，好像沒聽見他的話一樣。氣窗就要被清出一個入口了。

「荷妮！聽話！」

荷妮卻已鑽進開口，她的腿懸在空中。馬提亞斯大怒，卻又別無選擇，只好在她墜下之前過去接住她。他走得更近一些，轉身讓背緊貼著牆面。荷妮腳踩在馬提亞斯的肩膀，然後一蹲，就順著德國人的身體滑了下來，像隻猴子一樣靈活。馬提亞斯再也發不了脾氣。戰鬥時的焦慮、迫近的危險、冒險的激情以及對死亡的恐懼——比起這些他認為推動他存在的主要元素，這孩子替他注入的那種力量，是一種生命的能量、一種全新的存在感受，更強烈地激勵著他，同時也奴役著他。

荷妮站在馬提亞斯面前，看著他的傷勢。她仔細端詳他那血跡斑斑又腫脹的面容，在這幾秒鐘裡，時間彷彿無窮無盡。馬提亞斯覺得自己有點像是基督，在被拉往十字架刑場的途中看著聖維若妮卡[77]。不過荷妮突然變換表情，她解開自己外套的鈕釦，一手伸進毛衣裡，拿出馬提亞斯的刀子。荷妮將長長的刀刃從刀鞘緩緩抽出；她驕傲地把刀拿在面前轉動，鋼刃閃出一道潔淨且強烈的光芒。如果馬提亞斯明天就要死去，這會是他臨終前想起的畫面。是荷妮選了他、拯救了他，他這身虛妄的存在，沒有，絕對沒有任何東西，讓他配得上荷妮所給予的恩典。他突然覺得自己脆弱、可恥、醜陋又微不足道。他撇過眼，隨即又恨自己為什麼要撇眼不見。荷妮湊近查看著馬提亞斯被綑綁住的手腕，準備要割斷繩結。

「不行！不能讓他們發現我的繩結斷開，把刀子放回刀鞘。」

荷妮聽話照做。不能斷開這個繩結、親手解放她的士兵，她有點難過。那個愚蠢的派克中尉，把刀子晾在地窖裡，自從她取回刀子之後，這個動作她已經想像過上百遍了。馬提亞斯拿起荷妮手中的刀子，彎下腰把刀鞘悄悄塞進他靴子裡。

「你現在該走了。」他說。

荷妮點點頭。

「要把雪裡的腳印給抹掉，像我們之前獵野兔那樣。」

小女孩抬起頭，望向他。

「我知道。」

馬提亞斯再次走近牆面，擺好姿勢，把自己當成一架短梯，要讓她爬回去。

「你真正的名字，是什麼？」荷妮問。

77 譯註：聖維若妮卡（Saint Veronica）。傳說耶穌被押赴刑場的路上，有位名喚維若妮卡的女子拿自己的面紗為祂擦汗，耶穌的面容便轉印在這塊面紗上。

一陣遲疑。他的名字。他真正的名字。馬提亞斯似乎無法拼讀出那些音節。開戰以來，他換了那麼多次名字。而在戰爭之前，他有一個印第安名字，那是一個有著涵意、不說謊騙人的名字，他自己非常喜歡。他的名字，那個荷妮所追問的，他真正的名字，不具有任何意義。

「馬提亞斯。馬提亞斯・史特勞斯。」他心虛地回答。

她低聲重複著那個名，一次、兩次、三次，然後重複說著姓，再重複名接著姓。馬提亞斯・史特勞斯。隨後，她抬起頭，臉望向他。

「你知道嗎，荷妮，不是我真正的名字。不過，那個真名，我不記得了。」

他怎麼沒想到這點？打從認識她以來，他怎麼沒有想過這件事呢？他叫作馬提亞斯・史特勞斯，這是件重要的事，這是他父母給他的名字，他的朋友與家人叫著這個名字，他就回應。所有這些該死的自私考量和他的虛假生活，都對這名字毫無影響。馬提亞斯・史特勞斯，就是他，不是別人。為了找回這孩子的名字，他願意付出任何代價。他開心地想像著那個單字，字裡滿是粗糙的子音，女性的名字，強壯的名字，光耀地與強大的聖經人物同隊並列：以斯帖、底波拉、撒拉、猶滴[78]。他想知道，希伯來文有沒有一個名字，跟「荷妮」一樣，具有「出生兩次之人」的重生涵意。印第安人的語言中，有十幾個這樣的名字。不過，她或許就單純叫作露希安或是賈琳，為什麼要換名字呢？

他雙手交叉伸向荷妮，要幫她爬上去。她沿著他的身體向上爬行，貼近他的臉時停頓了一會。馬提亞斯再次聞到小女孩身上那如此甜美的氣息，混著嬰兒爽身粉的餘味，他情緒激動了起來。他把她向上一推，荷妮隨即站在德國人的肩膀上，她緊緊抓牢氣窗的鐵框，爬到外頭去，朝他看了最後一眼，然後才消失不見。

黎明即將升起。馬提亞斯現在有把刀在他的靴子裡，而且這不是隨便的一把刀，是上頭刻著他印第安名字的刀，那把他用來殺戮無數的刀。他試著小睡一會，這是出發前能做的最棒的事。他抓準適當的時機，隨機應變。他順利睡了一個多小時，才被門後方的嘈雜聲給吵醒。門閂吱嘎作響，鑰匙在鎖頭裡一轉，派克走進來，兩側伴著麥斯與崔茲。崔茲走近馬提亞斯，命令他站起身，確認他身上的繩索，對他搜身。糟糕。崔茲沒有發現那把悄悄藏在鞋裡的刀。他們把馬提亞斯帶出酒窖。所有的村民都醒著。馬提亞斯感受到他們沉重的目光，裡頭帶著責難、憎恨與不解。他的視線和朱爾的雙眼交會，那對眼睛傳達著一種難以承受的同情，彷彿在說：「雖然你是個混帳，但我挺欣賞你的，不由自主地欣賞。」至於珍，她的表情是如此憔悴、如此疲倦……她似乎出了神。馬提亞斯想不出怎樣才能令她打起精神。

78 譯註：以斯帖、底波拉、撒拉、猶滴（Esther、Deborah、Sarah、Judith），皆是聖經人物。這幾個名字一般較常見的譯法為「艾絲特、黛博拉、莎拉、茱蒂絲」，此處譯名參照《聖經和合本》。

派克感謝朱爾與村民們的熱情款待。對這些扮演英雄的年輕美國佬而言，這樣的招待似乎是理所當然；不過派克他知道，事實並非如此。派克是個謙恭有禮的人。那兩個受傷的士兵，回到隊伍裡頭。他們的狀況還無法在零下十度的樹林中行軍，不過派克依舊決定，不該把這些傷員留在身後。萬一德軍發現他們，村民會陷入危境之中，沒有人能保護他們。派克越來越像是《亂世佳人》裡的衛希禮——一個在面對軍人職責時，毫不退縮的傢伙，但卻過於高尚、太過正直，而對戰爭仍有所寄望。等這些傢伙回到自己的國家，他們往往會不知所措，甚至成為一個個軟弱無力的人。若是派克活著回去，他的太太與三個小孩就有苦頭吃了。

馬提亞斯還沒看到荷妮。崔茲大力推著他，要他前進。德國人回過頭去，給了崔茲一個致命的目光。最後，他看見小女孩就坐在吉娜特身邊。荷妮站起身，走到所有人前面，站定在馬提亞斯面前。他們凝視著彼此，看了一段時間。當著他們兩人的面，沒人敢說一句話，大家甚至連呼吸都變得困難起來。珍想起自己第一次見到他們的時候：兩頭野獸。派克決定要打破沉默。他們離開了地窖。

第十五章

美軍一離開，抱怨聲就傳了開來。村民重拾了他們的憤怒，需要宣泄：他們開始反覆說著已經說過的事情，他們彼此問著已經問過的問題，他們發出前晚稍早已經發出的驚呼。這讓人感覺很好，能打發時間，又能忘掉飢餓與寒冷，而且還不用花費半分半毫。「德國鬼子走了」，于貝爾並不遺憾；韋爾納覺得他很「奇怪」；法蘭絲瓦不喜歡他那「古怪的表情」，後悔自己沒有對此起疑。他們全都忘了，幾個小時之前，馬提亞斯還是那個最「迷人」、最「優雅」、最「熱心服務」的人，看他舞跳得不錯，珍也一副開心的樣子，而他與小女孩相處的模樣，不也是非常可愛嗎？啊，那些不懂規矩的美國人，要是他們都能跟他一樣！朱爾忍住不去喚醒他們的記憶。于貝爾靠過來，一副要密謀些什麼的神情，雙手在嘴邊圍成喇叭狀。

「要是再大上幾歲，她就要被剃頭[79]了。」他頭點向荷妮，低聲說道。

79 譯註：二戰期間，凡與德軍有私情的女子，會被剃光頭髮，作為一種公開的羞辱。

他話一說完，朱爾便雙手握緊拳頭，壓在他身上。

「你說什麼？我沒聽清楚……」

「沒什麼。」于貝爾嘀咕著。

「啊，我以為……」

經過這段時間的往來，朱爾明白這愚蠢的鄉警是個廢物。于貝爾肯定認為珍也要被剃頭，因為她和德國人一起跳舞。不過，一起跳舞……朱爾沒那麼天真；他夠了解自己女兒，知道除了馬提亞斯跳維也納華爾滋的才能之外，她肯定也發掘了他的其他天賦。戰爭結束之後，得想辦法確保于貝爾會封口不聲張。朱爾走到遠處坐下。每個人都待在自己的位置上，照美軍抵達後他們配到的位置待著。朱爾看著自己的賓客，發現少了一人，便高聲喊道：

「你們有看到菲力貝爾嗎？」

一陣沉默。大夥左顧右盼，四處叫喊。找不到菲力貝爾。然而，這沒什麼好大驚小怪的——不論有無戰爭，這傢伙來去總是隨他高興。他肯定是在鬧出德國人那場衝突的時候，悄悄溜走了。等他高興，或是大夥需要他的時候，他大概就會回來。

荷妮回到吉娜特附近待著，只有在她身邊，小女孩才不會覺得自己被評判。吉娜特看見荷妮潛入士兵的地窖，她趁派克與他的手下討論之際，當著他的面拿走馬提亞斯的武器；吉娜特也看見荷妮把武器藏在外套裡，離開地窖，好與她的士兵重聚。幾分鐘後，孩子縮回她身旁，對著她說：

「你懂的，馬提亞斯，他會回來找我。」

派克中尉走在隊伍前頭，馬提亞斯跟在中尉身後，麥斯與崔茲一左一右跟在馬提亞斯的兩側。馬克白與四個士兵走在隊伍中間，兩個傷兵則費力地拖行在部隊後頭。天氣非常冷，凜冽的北風滲入衣服，冷到刺骨。馬提亞斯只穿著襯衫與外套；他臂膀與手掌的血液循環不順，因為在出發前，崔茲仔細地將他手腕上繩結收得更緊。這兩個鄉巴佬盯他盯得很嚴，從不讓他離開視線範圍。他們走了兩個多小時，才停下來休息。大夥喝些水，抽幾根菸。緊繃的氣氛鬆懈了些，馬提亞斯便趁著綁鞋帶的時候，取出鞋中的刀子，悄悄塞進他的袖口裡。隊伍繼續前進，卻又一下子就被附近的引擎聲給打斷。派克示意大家尋找掩護，所有人散開來；麥斯和崔茲把馬提亞斯拖到蕨葉叢後。一條沿著森林延伸的小路上，有兩輛德國吉普車經過。等到最後一輛車開離視線，士兵們走出自己的藏身處。隊伍重新排列，馬提亞斯與他的兩個守衛落在最後面。

馬提亞斯絆了一下，撞上麥斯，整個人跌進他的懷裡。麥斯做出一個奇怪的表情，崔茲問他是否一切安好。馬提亞斯從麥斯的身上移開，一手抓著他的肩膀，看似關心的模樣，另一隻手則握著刀柄，順勢將刺進他腹部的刀刃給拔出。崔茲還沒來得及反應叫喊，隨即倒地不起，那把刀插在他喉嚨上。馬提亞斯收回武器，一口將刀刃咬在齒間，抓住伸手可及的第一根樹幹，全速向上攀爬。

走在前頭的派克停下腳步。他回頭，搜索樹林。他叫著麥斯的名字，卻沒有任何回應。他循著先前的腳步折返回去，他的手下也跟著他去。小徑往回走一些，在蕨葉叢後面，他們發現麥斯與崔茲躺在血泊中。崔茲還沒死；蛋清色的黏液與黑色的泡沫，在他嘴邊翻騰著。他想說話。派克彎下腰，撐起他的頭。那雙垂死的眼睛在眼窩裡轉了最後一圈，然後就定住不動了。派克將他的頭輕輕放下，站起身來。中尉與他剩下的士兵跟隨著雪地裡的腳印，然而腳印突然斷了，彷彿那傢伙飛走了一樣。方圓數公尺內，找不到任何足跡。

派克觀察著他們周遭樹木上的高枝。他不放心；他回想起自己把可憐的麥斯拖出酒窖門前，麥斯跟他說過的話，關於斯科爾茲內手下的話。他近乎興奮地描述這些卑鄙間諜的功績，讓派克深感震驚。不過，他沒有相信。他那時應該要信的，這樣麥斯與崔茲現在就還活著。派克發覺馬克白正用怨懟兇惡的目光瞪著他看——看得出馬克白認為，應該把那個德國鬼子給打死，而不是帶著他散步健身。不過，他究竟是怎樣弄到那把刀的？而且低處沒有枝幹的松樹，他是要怎麼在沒有支撐點的狀況下爬上去呢？要是那個德國佬的好朋友，那些在路上穿著美軍制服晃的傢伙，全都跟他一樣是個蝙蝠俠，或許就要做最壞的打算。馬提亞斯說格里芬行動只是虛張聲勢時，派克還相信他。現在，派克再也無法肯定那德國人是否坦誠以對。

馬提亞斯躲在松樹上觀察他們。他看著派克思考，一如往常，派克做不出決定。除了趕快離開，他還能做什麼？要是他們決定站在樹下等待，馬提亞斯只好出其不意，一躍而下把六個人全都殺了。這對他而言，不會是個問題。快點，派克，逃走吧你。你在浪費我的時間！中尉嘆了口氣，最後下定決心，命令手下繼續前進。

農場的地窖裡，朱爾得重新制定規矩。一想到德國人會來這裡，還會認出荷妮，法蘭絲瓦就變得歇斯底里；于貝爾的話助長了她的焦慮，甚至連小學老師，也說起讓她更加不安的話。蓓特試著緩和情勢，指出荷妮額頭上並沒有標著「猶太人」；韋爾納反駁說，德國鬼子有準確無誤的天賦，能夠指認出猶太人來，而且荷妮長得真的不像阿登這裡的人。朱爾一拳揮上于貝爾的臉頰，恐嚇著韋爾納與于貝爾，說要把他們給趕出去，他們才終於閉上嘴。孩子們獲准在院子裡玩，但要朱爾坐在門前臺階上，在他的監視之下才行。

荷妮來到馬廄，所羅門發出一聲嘶鳴迎接她。小女孩把臉靠上馬的側腹，牠那巨大結實的軀體暖和了她的身子。她充分利用這些孤獨的時刻，遠離那些太多話的人們。她想像馬提亞斯現在的樣子：他正跟著那些美國人行走。他的刀就貼藏在靴子裡。森林是他的王國。他被打倒，臉被撕碎，但他的精力無窮無限。荷妮閉上眼睛，德國人的臉隨即浮現，他的表情晦澀難懂，不過這孩子很快便學會破解他心裡頭的一舉一動。她把自己所有的力量、決心與信心，全傳遞給他。荷妮太過沉浸於自己的默言禱告，聽不見朱爾對孩子們的呼叫、吉普車與裝甲車開進院子裡的引擎聲響，以及長靴踏步的節奏與一聲聲的尖叫。她仍舊沉浸在自己腦海裡的幻象中，緩緩走向馬廄的門口，打開門。村民雙手壓在頭上，在臺階前一字排開，約有十五個士兵，把他們團團包圍。荷妮愣住了。那是德國人。她該轉身離開，但是太遲了，有兩個士兵注意到她了。幸好，她沒做出任何顯露著恐懼或退卻的動作。有短短的一瞬間，她與站在臺階上的男人四目交接；他的穿著與其他人不同，他頭上戴著的不是頭盔，而是一頂軍帽。他應該是領頭的人。荷妮踏著鎮定的步伐，走過院子，加入村民的行列。亞伯對她說：

「你朋友來拜訪你了。」

荷妮朝他的脛骨踢了一腳當作回應。黨衛軍軍官依舊動也不動地站在臺階上，僅僅用他那冰冷的目光在村民身上滑移。老瑪賽兒支持不住，癱倒在地。蓓特衝向瑪賽兒，但是有個士兵對她咆哮下令，蓓特只得回到自己的位置上。軍官終於開口說話，用法文說道：

「我給你們五分鐘離開農場。不離開的人，統統會被殺掉。」

一陣驚慌的嘈雜聲響。黨衛軍軍官看著他的手錶。韋爾納走向前，舉起手，表示有話要說。軍官做出一個不耐煩的手勢，表示要聽他說話。

「這裡有小孩子和老人家。」他用德文說道：「地窖很大，夠所有人待。懇請您准我們留下來。」

軍官觀察著他，覺得有點意思。終於遇到個能說好德文的比利時人。到了這該死的偏僻小村，竟然還能遇見幾個講德文的人，實在是不尋常的事。黨衛軍軍官的雙眼仔細端詳了一些面孔：他看看那一臉高傲的漂亮女孩，再看看那健壯的男人，他們長得很像，他應該是她的爸爸；而那個頭髮和眼睛都很黑的小女孩，就是自己孤零零從馬廄走出來的那個……得做決定，軍官得做出個決定。要把他們全部槍斃，讓他們連離開的選擇都沒有嗎？就跟那個名字很奇怪的村莊一樣？那個村莊叫作普哈風迪……帕爾敦……帕爾風迪……算了，反正就是他槍殺了三十幾個人的那座農場。還是要像放過被嚇壞的蟑螂那樣，讓他們活下來，然後自己與手下就安頓在那傢伙說的大地窖裡？天氣真的非常冷。他與手下已經走了好幾小時的路途。軍官那包在高筒皮靴裡的腳趾，幾乎已無知覺。他看著村民彎著脖子，一雙雙可悲的手壓在頭後方顫抖。這畫面太過熟悉，將他捲進一陣巨大的厭倦裡。不過，那些隨槍聲而起的尖叫與應聲倒地的屍體，也同樣讓他感到厭煩不已。這些年來，只剩一件事還能讓他覺得驚奇、撥動他的心弦，還能從他身上剝出片刻的情緒——就是他那能讓死亡驟然降臨的能力，或者可以說是讓人繼續活下去的能力。只要一個字，一個手勢，生死隨即立判。就跟啟動電源開關一樣簡單。喀啦，光明。喀啦，黑暗。喀啦。好吧，就讓蟑螂活下去。

「非常好。」他一副不情願的模樣說道：「你們可以留下來。不過條件是，你們要準備食物，而且要你們待哪裡就待著，禁止外出。」

就跟之前的美國人，以及更之前的德國人那樣，一切又再來一遍。他們在農場裡無止境的搜查，這時大夥就在外頭受凍；婦女被送去用所剩無幾的殘糧準備吃食。不過這一次，黨衛軍軍官徵用大地窖給自己和手下住；村民只得將就於美軍先前待的小地窖；而大部分的毯子與床墊，也要讓給德國人。

若是算上在神父家，德軍突然來到斯圖蒙的那天，這是荷妮第三次與他們如此接近。因此在這之前，她只隱約看過他們：全是戴盔穿靴、沒有面容的身影，彷彿是同屬於一個身體的眾多器官，隨著一個看不見的腦袋發出叫喊，斷斷續續地收闔開展。這一次，那顆腦袋清晰可見。軍官發號施令，倦怠地移來走去，看著眼前的一切，煩悶的目光混著厭惡。大多數的士兵神情疲憊，精神緊繃。他們大聲說話，時常笑出聲，但這之中卻沒有喜悅。荷妮側耳細聽士兵們的談話；當他們把自己的語言好好說出口，而不是大聲吼出來，她就感到有某種東西在自己體內攪動；這對她產生了撫慰的效果，就像是她那時在森林裡聽見馬提亞斯說著德文一樣。

珍驚恐地回到地窖。

「那個軍官。他要孩子們上樓。」

法蘭絲瓦發出一聲刺耳的尖叫。孩子蜷縮在婦人們身邊。

「上樓幹嘛？」希多妮問道。

「吃東西。」珍回答。

一聽到要吃東西，孩子們便張大了眼，即使他們知道這頓飯會跟以前一樣簡陋。大人不知所措。大家把目光轉向荷妮，決定讓他們爬上樓去。

第十六章

廚房裡，軍官坐在桌邊，面前放著一個空盤。他很確定自己虛弱的胃消化不了那粗麥糊。孩子們進入室內，那個陪著他們的漂亮女生，整個人被嚇壞了。孩子們面對著軍官，視線盯著木頭桌面。軍官舉手使喚他身後士兵；那士兵拿了幾個盤子來擺在孩子面前，裡頭滿是那一成不變的燕麥糊。然而，他們不敢開動——沒有餐具。第一個開動的是小尚。他手指浸到餐盤裡，挖起麥糊，貪婪地送進嘴裡。軍官微微笑，做了個手勢要其他孩子學小尚開動。這德國人仔細觀察每一張臉，停在荷妮臉上的時間久了一點。珍一直站在孩子們後方兩步遠。她被德國人的視線牢牢盯著，心臟怦怦直跳。她覺得自己的心跳清晰到看得見；軍官的雙眼緊緊鎖在她身上，她感覺自己的臉色也變得蒼白。

荷妮繼續鎮定地吃麥糊。她抬起頭，有那麼一秒，她與那軍官對上眼。直覺告訴她，要大方迎戰自己的敵人，表現出心裡坦蕩蕩的樣子。她甚至先擠出了一個微笑，才繼續埋頭吃著盤裡的東西。穀物黏在她齒間。她喉嚨緊縮得近乎難以吞嚥。她覺得軍官的視線一直停在她身上。她像是躲在煤堆裡，手電筒那刺眼的光線追捕著她。軍官的眼睛也正在追

椅，椅子上還附了頭枕，他們依照長官的意思，將它放置在角落。軍官在一疊唱片中翻尋，選了一張放上唱盤。地窖充滿愛迪・琵雅芙[80]的聲音。這音樂非但沒有緩和氣氛，反倒製造了額外的不適。朱爾心想，自己可能會因為這個晚上而永遠討厭琵雅芙。軍官坐在扶手椅上，跟著哼唱。一位士兵幫他拿了杯酒——朱爾不得不拿出一些他藏在酒窖牆後的好酒。士兵們毫無節制地狂飲，完全不顧要如何細細品嘗這些勃艮第老酒。他們需要扭曲自己的知覺，需要丟失自己的意識，又或許需要在兩段戰事間歇息片刻好回神。不久，酣醉便潛入了這群精疲力竭的男人之中。他們聲嘶力竭地唱著歌，有些人開始踩著蹣跚的步伐跳起舞來。軍官酒後的脾氣更差，每多喝一口，他的表情就更加陰沉。他有時會突然大聲笑出一個邪惡的聲響，隨即又陷入一陣陰鬱又讓人感到焦躁的沉默裡。村民們無法入睡。蜜雪琳開始哭泣。大家試著讓她閉嘴，想讓她轉換心情，但是她卻越哭越大聲。軍官突然出現在地窖，舉著手槍對準村民。

「閉嘴！」他喊道。

所有人都閉上嘴，動也不動地定在那裡，除了蜜雪琳。這情勢大幅加深她的不安，助長她的恐慌。她哭得更加厲害，咳喘得劇烈又大聲，抽動著她的身體。希多妮將她抱在懷裡，卻完全無能為力。

80 譯註：愛迪・琵雅芙（Édith Piaf，一九一五—一九六三），廣受愛戴的知名法國歌手。

「立刻讓這孩子閉上嘴來！」軍官繼續大聲怒斥。

不過蜜雪琳卻放聲尖叫了起來。希多妮用手摀住她的嘴，蜜雪琳開始掙脫。軍官舉起手槍，冷冷地瞄準蜜雪琳的頭。希多妮的臉色大變。當軍官正要扣下扳機，有個身體擋在他與他的槍靶之間。是珍，她的背對著軍官，彎腰抱起希多妮懷中的蜜雪琳。年輕的少女站起身，把孩子抱在懷裡，轉身面向那個德國軍官。手槍仍舊對準著那小女孩的頭。軍官遲疑了一會，隨後放下他的魯格手槍[81]。珍走過他面前，跑著穿越大地窖。她爬上樓梯，有個士兵馬上追了過去。軍官仍站在村民前面。他輕蔑地看著他們的臉，目光定在荷妮的臉上。荷妮坐在蓓特身旁。

「這是你女兒嗎？」他問著蓓特。

「不是。」她回答，「荷妮在特魯瓦蓬市失去了家人。她是跟著小學老師來的。」

德國人聳聳肩，走回他的扶手椅，重重倒了進去，抓起一瓶擺在地上的酒，嘴對著瓶口喝了好幾大口。跟著小學老師來的！這些人等著瞧，該來的處罰不會少。等天一亮，就咯啦！黑暗降臨。不過現在，他太累，也太醉了。他需要睡覺，至少打個盹，幾小時也好。他已經好幾天沒闔上眼。幾個士兵還在嚷嚷著愚蠢又下流的歌曲。不久之前，他們這樣做可是要被懲處的。他們得閉嘴！閉嘴！黨衛軍軍官大喊。士兵閉起嘴來。這些可憐的傢伙，餓著肚子又全身凍得發麻。其中還有兩個才十五歲而已，大眼睛裡滿是焦慮，也充滿著勇氣與熱情。正是這些傢伙，他們才是德國的英雄。這些人為了最終的偉大勝利而犧牲。然而，黨衛軍軍官知道，勝利已不復存在了。結局就在不遠處。而這些在大笑、歌唱的手下，現在像是列奧尼達帶領的斯巴達士兵一般，準備要與薛西斯的波斯大軍正面交鋒，身上滿載的榮耀，會持續好幾百年。帝國若無法續存，也知道自己該如何滅亡；戈林[82]最近一場演講的措詞，差不多就是這個意思。他隸屬於黨衛軍，是策劃這場墮落、這場史無前例的末日災難的一員。這場崇高又駭人的滅絕，將會永遠銘刻在人們的記憶裡。軍官那半閉的眼皮下，沁出細小的淚珠。他輕輕唱起一首歌：「Wo wir sind da geht's immer vorwärts, und der Teufel der lacht nur dazu, ha, ha, ha, ha, ha！Wir kämpfen für Deutschland, wir kämpfen für Hitler...」[83]有幾個人隨即加入他，一起合唱。然而，「魔鬼之歌」迅速被其他較不莊重的歌曲取代。軍官順其自然，任由他們唱。有個士兵嘔吐，吐在鄰兵身上；地窖瀰漫著可怕的氣味。軍官回到他的扶手椅上，把頭埋進外套的領口裡。我們還沒走到溫泉關[84]。

81 譯註：魯格手槍（Luger），德國軍隊於一、二次世界大戰中廣泛使用的手槍，為德軍的代表物之一。

82 譯註：赫爾曼・戈林（Hermann Goering，一八九三—一九四六），納粹德國的軍政領袖，與「元首」希特勒關係密切，曾任德國空軍總司令、「蓋世太保」首長、國會議長等重要職位。

83 原註：「不論我們走到哪裡，我們總是往前走，而魔鬼只是笑。哈、哈、哈、哈、哈！我們為德國而戰，我們為希特勒而戰……」譯註：納粹軍歌，原名為〈親衛隊在敵人的領土上行軍〉（SS marschiert in Feindesland）。

84 譯註：溫泉關（Thermopyles），希臘沿海的一個狹長關口通道，是當年斯巴達三百壯士對戰波斯大軍之地。

牛棚裡，珍坐抵著牆，就在上次馬提亞斯跟她做愛的地方。他在她頸背上呼吸，這記憶突然襲來。她微微顫抖，挪動身子坐得更舒服些，把蜜雪琳的身子緊抱在懷裡。小女孩輕聲哭泣。跟著她們過來的士兵，背靠在牆上站著。他一邊抽菸，一邊看著煙霧在眼前繚繞。珍發覺他已不算太年輕，面容疲憊，站得有些駝背。珍開始唱起一首古老的童謠，唱給蜜雪琳聽。士兵轉頭看向她，坐了下來。「在王宮的階梯上，在王宮的階梯上……」[85]珍覺得自己的歌聲，似乎讓那士兵和小女孩心情都好了起來。男子帶著一個輕柔的微笑對著她看，彷彿他沉浸在自己的回憶裡。他還是個孩子的時候，也曾有過那麼一天，躲在地窖裡嚇得發抖；他也曾需要有人安慰他、把他抱入懷裡。他想起了自己在德國的孩子嗎？現在，他是黨衛軍的士兵，是他在散播恐懼，是他讓人想逃開他的視線，好繼續活下去。

醉漢的叫喊聲以及砸碎玻璃的聲響，時不時從地窖的氣窗傳了出來。士兵因此一副抱歉的模樣，變換姿勢來掩飾尷尬。珍繼續唱，歌唱也讓她自己平靜了下來；在牛隻的體熱與氣味之中，她覺得還算舒適；蜜雪琳蜷縮在她身上；還有一個開始衰老的男子，靜靜聽她唱歌，彷彿兄弟一樣。明天，他們三個或許都會死。她不帶任何顧忌想著這件事，就像在想著一件可能發生、極其尋常的事。士兵俯身靠向蜜雪琳，她已經睡著了。他看著珍，模仿著睡著的樣子，一邊指向小女孩，一邊豎起大拇指。一個沉悶的聲響，把他們兩個的注意力轉向牛棚那仍舊開著的門。士兵起身，一隻手指擺在嘴上，示意要珍待在原位。他悄無聲息地走出牛棚。珍有點失落，繼續唱著歌。她本來是想要那個士兵待在她身邊，直到時間的盡頭為止。她不想再回去地下，不想再聽見尖叫，不想再感到焦慮，不想再感受于貝爾和法蘭絲瓦的懦弱膽怯，不想再看見自己的父親被那個黨衛軍軍官的無禮言行給羞辱；最重要的是，她再也無力為所有人的生命擔心。「美麗的女孩，如果你想要，美麗的女孩，如果你想要，我們可以睡在一起，瓏啦……」

那士兵回來了。他穿過牛群，坐回到珍的身邊。這次他挺直身子，步伐敏捷。這個小插曲大概讓他意識到，不能放手馬虎，不能表現得太過隨便。珍原先還預想著會有一個眼神或是微笑，告訴她一切都好，事情可以繼續，就從打斷的地方重新開始——他沉浸在他的思緒裡，她也沉浸在她自己的思緒裡，而蜜雪琳則在她的懷抱裡。然而，士兵眼睛看著地上。等他終於抬起頭望向珍，兩顆清澈的眼珠從頭盔中顯露出來。珍一張開口，馬提亞斯的手便摀住她的叫喊。

「繼續唱。」他低聲對她說道。

珍過於驚嚇，除了服從，做不了其他事情。於是，她以顫抖的聲音，又從「在王宮的階梯上」開始唱。馬提亞斯脫下頭盔，一手梳過頭髮；他已經有三十六個小時沒有睡覺了。珍的聲音讓他無法抵擋，好想閉上眼睛。一個念頭擊中他的腦際：這女孩不該待

85 譯註：法語兒歌〈在王宮的階梯上〉（Aux marches du palais）。

在這些該死的困境之中。馬提亞斯真心希望她能遇見一個善良的傢伙，帶給她一點歡欣、一些生命的火花；一位這樣的男人，能看著她成長綻放，而不叫她閉上嘴巴、不逼她懷胎生子，看著她直到她有了小腹、胸部跟空皮袋一樣鬆弛為止；一位能讓她安心變老的男人。「我們會睡在那裡，我們會睡在那裡，直到世界末日，瓏啦，直到世界末日。」蜜雪琳在睡夢中動了動身子。在馬提亞斯的指示下，珍輕輕地移動她，讓她躺在麥稈上。

「她在哪裡？」馬提亞斯問道。

當然，這話問的是荷妮……珍無法理解自己身上經歷著怎樣的情緒；憤怒和苦澀，正與看見馬提亞斯還活著的喜悅拔河抗衡。

「我希望他們殺了你。」她脫口而出。

「我知道。」他笑著回應。

她甩了他一巴掌。有那麼一秒，她以為他會回手，但是他只是搓著自己的臉頰。

「他們有十五個人，對吧？」他問道。

「差不多。我沒有數！」

「他們都在大地窖裡？」

「對。」

「那村民呢？」

「在美軍的地窖裡。」

「那荷妮呢？」

「那個軍官要孩子上樓，給他們東西吃。他看著荷妮的神情很古怪。我覺得他知道了。」

那時，馬提亞斯爬上路邊的一棵樹觀察四周環境，就看到了裝甲車。意識到那是黨衛軍時，他心下大亂，血流心跳突然都加快起來。那是獨立於帝國師團之外的部隊，在六月時屠殺了法國利摩日附近的一整個村落，同時也負責一些其他同類型的愛國行動。他跟著他們穿過樹林，當他明白黨衛軍是往帕凱家前進，便遲疑著自己應該在他們進農場之前還是之後混入那行列。他選擇後者。馬提亞斯藏在牛棚的屋頂上，他看見大夥在院子裡集合，也目睹了那個軍官的威脅。韋爾納提出他的請求，黨衛軍旅隊長也同意了；此時馬提亞斯感到躁怒不安。在那黨衛軍軍官面前，荷妮會陷入更大的危險。馬提亞斯不認識他，但一下子就猜得出他是哪一類的人：他不是好人。

「我陪你下去。」他對珍說。

「不！」

她作勢要起身，但馬提亞斯抓住她的手腕，要她別動坐好。

「我要叫喔！」她低聲說道。

珍試圖將手臂抽出馬提亞斯的掌心。不過，他卻抓住她的肩膀，把她拉了過來，親吻她。珍反抗，雙唇緊閉。在別種情況下，馬提亞斯會覺得這樣很有趣，但現在不是時候。他更用力抵上少女的嘴，試著推開那雙唇，但卻是徒勞一場；放棄嘴唇，滑向脖子，卻感覺到她的肌肉與筋絡在他的觸碰之下緊縮。好吧，他今天不會在這過夜了！面對珍的反抗，他隱忍著怒氣。他想一刀插進她的腹部，感覺她的身體在自己的懷裡慢慢鬆弛，然後順從不再抵抗。他把丹送去另一個世界的時候，殺人機器就已再度啟動，接著是麥斯與崔茲，最後就會是那個老黨衛軍軍官。珍堅持要推開他，撇開頭，全身往四處扭動。他想像自己使盡全力痛毆著她。可憐的傻瓜！他一手拉住她的緊身連衣裙，一手緊緊握著她的後頸。珍漸漸累了，雙眼溢滿淚水。恐懼籠罩著她。馬提亞斯從她的身體上感覺到了，就連她密長頭髮下的頭皮都變得汗濕。他終於放開她。她開始啜泣。馬提亞斯嘆著氣，轉過頭去。突然間，少女將他緊緊抱住，依偎在他懷裡，像孩子般抽抽噎噎著抖動身子。果然，這需要一點耐心。珍抬起頭，找尋著馬提亞斯的嘴唇，狂熱地親了上去。

他們回到地窖。蜜雪琳睡在珍的懷裡；馬提亞斯頭盔下壓至雙眼，走在珍後面。士兵們四處躺臥。有些睡去，有的在半夢半醒間，哼唱著飲酒歌。那個軍官坐在大扶手椅裡，顯然是睡著了。馬提亞斯與珍穿過大地窖。正當珍走進村民的地窖，有個士兵從睡夢中醒來，拉住馬提亞斯的褲子。

「那個小姑娘，她好吃嗎？」他用含糊的聲音問道。

「跟塊薩赫蛋糕[86]一樣好吃。」馬提亞斯回答。

士兵傻呵呵地笑了起來，隨即提高音量，抓著馬提亞斯的衣角不放。馬提亞斯轉過身，他身手快如閃電，雙手一個動作便抓起士兵的頭，嘎啦一聲扭斷他的後頸。他輕輕將那搖擺晃動的頭擺放回地上。等他再度站起身來，荷妮已在他面前。她冷冷地看著死在地上的士兵。馬提亞斯看了珍最後一眼。他知道，明天，當那個軍官發現荷妮不見人影，外加死了兩個士兵，他肯定會槍斃所有人，或是只槍斃一些人，一切看他的心情而定。這事，珍她自己也知道。早在幾分鐘前，當她擁吻著馬提亞斯，便已想像過自己躺在雪地，沒有生命的模樣。不過，他想要的，她仍會照做。

荷妮走在馬提亞斯前面；他們才走到樓梯邊，便有聲尖叫劃破了沉默。那是蜜雪琳的聲音，她從惡夢中驚醒了過來。軍官直起身子。馬提亞斯與荷妮幾乎是站在他正前面。馬提亞斯遲疑了一秒，要荷妮往回走，把她推進村民的地窖裡去。軍官站起身，手槍上膛，大步走向尖叫的聲源。他一進去，發現是蜜雪琳在希多妮懷裡哭泣，便舉槍對準她，然後開槍。槍響引爆了更多的尖叫聲。不過那孩子並沒被擊中，哭喊得更為大聲。朱爾衝向軍官。又一聲槍響。朱爾定在那裡，一副吃驚的模樣。他的肩膀滲出血漬。軍官下令要所有人到院子裡去。在士兵的打罵與吼叫之中，村民爬上樓梯。馬提亞

86 譯註：薩赫蛋糕（Sachertorte），即為台灣俗稱的「維也納巧克力蛋糕」。

斯加入他們的行列。混亂中，沒人注意到那個死在地窖裡的士兵。外頭，天色才剛破曉；好幾天以來，天空第一次這樣清澈。旅隊長要村民一字排開，雙手壓在頭上。他以厭惡的目光掃視他們的臉，質問道：

「那個猶太人在哪？」

荷妮躲在蓓特身後。軍官以同樣單調的語氣，再問一次。韋爾納舉手說話。

「是您的一個手下，」他用德文說道：「他帶她來的……他偽裝成美國人的樣子……」

「夠了。」軍官打斷他。

他臉色非常蒼白，嘴唇因憤怒而在顫抖。

「你們全都要被槍斃。」

法蘭絲瓦向前走了兩步。所有的臉都轉向她。她指著藏在蓓特身後的荷妮。

「那個猶太人，她在那裡。」她語氣平淡地說著。

軍官走向小女孩，身後跟著一個士兵。他盯著她一會，隨即對身後的士兵做了個手勢，一雙眼不曾離開荷妮。

「解決她。」他下令。

士兵站到荷妮面前，背對著軍官。他拿起槍，對準著她。小女孩提起頭，尋找著他的目光。上一次面對要槍殺她的人，這樣做帶給了她好運。荷妮的臉龐亮了起來。

「你在等什麼？」軍官在馬提亞斯身後咆哮。

馬提亞斯原地轉身，回過頭，開槍。軍官僵住不動，一副吃驚的模樣，崩倒在地，額頭被一顆子彈打穿。軍官身後的士兵嚇了一跳，還來不及持槍瞄準馬提亞斯，就腹部淌血倒在地上。另一個黨衛軍拿起衝鋒槍正要開始掃射村民，喉頭上便中了一刀；馬提亞斯迅速取出那短刀，馬上往剛出現在他身旁的士兵腹肚插去。一切皆以驚人的速度發生，彷彿一串排練過上百次的舞蹈動作，村民們看得目瞪口呆。荷妮走到院子。有個受傷的士兵槍口對準著她，不過他隨即倒地不起，胸口插了支箭。另一支箭飛來，射進那位正與馬提亞斯搏鬥的士兵背上。村民趴倒在地，向農場的附屬建物或建築主體匍匐前進。馬提亞斯穿越院子，途中抓住了躲在死馬屍骸後頭的荷妮。弓箭持續發射，精準射在德軍身上。

鴿舍上，菲力貝爾拿著十字弓，一邊快活地拉弓射箭，一邊哼唱歌曲。就在「來自加拿大的獨居牛仔馬修」被揭穿偽裝之後，菲力貝爾決定要離開農場。他心想，與其困在一群過度激動的美國人之中，自己在外頭肯定會比較有用。之後，他不停觀察農場周遭的動靜，同時持續蒐集戰情消息。他發現德國人到來，覺得焦躁難耐，卻又不知該如何是好。他隨即進行偵查，然後遇見為數眾多且裝備精良的美軍，正往農場的方向前進。透過這些美軍，菲力貝爾得知，那些飛機終於要離開地面。或許，這場戰爭就要結束了。

馬提亞斯抱著荷妮跑向馬廄，後頭追著一個士兵。菲力貝爾再次拉弓射箭，然而那士兵也抓住時間開槍，擊中馬提亞斯。馬提亞斯向前撲倒，拖著荷妮一起跌了下去。小女孩站起身，轉過頭去。德國鬼子背上插著箭，崩倒在馬提亞斯身上。荷妮繼續跑，抵達馬廄。她從菲力貝爾的視線之中消失。

平民們回到了建築主體，除了于貝爾與韋爾納，他們躲在磨坊裡；還有蜜雪琳，她倒在院子，雙眼大開，目光呆滯，躺在一攤血坑之中。一陣轟隆聲在空中回響。朱爾跑到窗邊。兩、三架同盟國軍的飛機在空中來回交錯，對著院子進行狙擊。門廊冒出一些穿著美國制服的士兵。最後兩個還活著的黨衛軍士兵，他們手舉在頭上，對著剛到的美軍投降。

有幾秒鐘的時間，馬提亞斯失去了意識。等他回復清醒，發現自己被士兵的身體給壓擠在地，而那士兵似乎還有著微弱的呼吸。馬提亞斯下背中槍，而疼痛蔓延至整個胸腔。他認得噴火戰鬥機特有的聲音，那是英國軍隊的傳奇飛機。他心想，地面部隊肯定就在不遠處。那溫熱尚存的沉重軀體，壓在他身上，他得耗費極大的氣力才能移開那垂死士兵。他費勁地從黨衛軍身下脫出，雙膝跪地設法立起身子，往馬廄的方向看去，發現了荷妮。他爬到她身邊，兩人進入馬廄。馬提亞斯重重跌靠在牆上，好喘一口氣。看著馬提亞斯的側腹流滿了血，荷妮的眼眶湧現著淚水。

菲力貝爾躲過美國佬的注意，從鴿舍下來，走向馬廄——他先前看到荷妮和馬提亞斯躲了進去。他們確實在裡面。德國人的情況很糟：他血流得像是牛在撒尿，他的臉色已經變得蠟黃，他那美麗的清澈眼睛，此時混濁得像是有很多人跳進去自殺的水池。菲力貝爾應著馬提亞斯的要求，趕忙給所羅門套上馬鞍；心裡卻想著，這傢伙要怎樣才能挺住身子坐在上面。小女孩在哭，她一隻小手抓著她士兵的手，另一隻手去摸他的傷口，隨後又擦拭著自己眼角的淚水。她現在整張臉污抹著血，士兵則努力微笑；不過，他顯然連守住一雙睜開的眼睛都有困難。他流很多汗。他的身體顯然已發起燒來。

菲力貝爾從角落拿起一個水桶，用馬廄後頭的幫浦裝滿了水。馬提亞斯喝了好幾大口的水，似乎讓他恢復了一些氣力。菲力貝爾脫下自己的襯衫，把它撕開，繞在馬提亞斯的骨盆上，緊緊綁著，希望能減少出血。他接著幫忙馬提亞斯站起身，讓他爬上馬背，把荷妮放上他的雙腿之間。他們從後門離開馬廄，朝著田野奔去。馬提亞斯在所羅門的背上輕搖晃動。應急的繃帶已經滲滿了血。不過，他重新挺身策馬，所羅門隨即向前飛快奔馳。

馬兒速度加快的同時，荷妮感覺到風吹拂過自己的臉。現在，牠在奔馳，而馬提亞斯的身體就在她背後，似乎掌握了一切。小女孩緊緊抓住馬鬃；他強而有力的大腿就靠在她大腿旁，他直挺的上身就貼在她的背上，他將她支撐得很好，讓她穩穩坐在馬上。他們騎著馬，有架飛機降低高度，繞了一個迴圈，飛過他們頭上，彷彿是要靠近一點觀察他們。荷妮知道馬提亞斯正在死去；她看見血流到所羅門的棕色毛皮上。她聽到頭上的呼吸變得越來越費力。馬提亞斯一手鬆開韁繩一下，摟了摟小女孩，要她放心。抵達田野的邊界，他們改道朝森林奔去。所羅門放慢了速度。馬提亞斯變得更為沉重，他的頭就壓在荷妮的頭上。她轉頭，叫著他，強迫他把下巴抬起來。馬提亞斯身子挺了回去，稍稍擠出個微笑，然後再度陷入半昏迷中。馱馬踩著有氣無力的步伐，帶他們鑽進樹林裡去。

馬提亞斯成功駕著所羅門來到朱爾的小屋。到了門檻前，他跌落馬背，隨即陷入昏迷。他汗流如注，寒顫打得全身搖晃。荷妮試圖喚醒他；她叫著他、把雪敷在他臉上，全都不見成效。全然的寂靜圍繞著他們，不再有任何爆炸聲、引擎聲，不再有任何與爭有關的聲響，只有孩子的哭聲，在馬提亞斯那毫無反應的面容之前，越哭越強烈。在他們上方，天空是純淨又冷淡的藍。荷妮未曾見過這樣的光線與色彩，她仰望林間的那片天空，凝視了好久好久。她一邊搖動著馬提亞斯的身體，一邊叫喊著他的名字。最後，別無辦法之下，她給了他一巴掌。他醒了過來，緩緩爬上壁爐前的舊床墊。小女孩點起火，把自己的小外套蓋上他胸膛。她去源頭取水，並試著讓他喝下去。但是他完全失去知覺，對於荷妮的小手而言，他的頭實在太重了。馬提亞斯正慢慢離她而去。

荷妮想回去農場尋求幫助，她可以騎在所羅門的背上，牠認得路。但是她怕死亡趁她不在的時候，來把馬提亞斯帶走。於是，她陪伴著他，用濕布擦著他的額頭與脖子。她對他說話，叫他留下來陪她。他開始嘟囔著德文。他胸口傳出來一陣古怪的喘氣聲。

馬提亞斯短暫睜開一下眼睛，但這次他看不見她。

兩小時後，菲力貝爾再次出現。他清理馬提亞斯的傷口，用乾淨的布幫他包紮。出血已經止住，但是馬提亞斯仍舊毫無意識，全身發燙。菲力貝爾去找吉娜特。醫婆順利從德國人體內取出子彈；雖然菲力貝爾不斷往壁爐添加柴火，但寒意仍舊猛烈；她在酷寒中守著他四天四夜。馬提亞斯那不可思議的體魄，以及布滿他身心每寸肌理的野生求生意志，讓他對抗著超越人力所能及的事物——這些都讓老婦人感到著迷。一個看似對存在深感厭惡的傢伙，卻具有如此優異的生命天賦。

第十七章

同盟國軍隊拿下聖維特之後，阿登戰役便在一月二十四日結束。戰事結束之前，還有一些重要的軍事行動，而在對烏法利茲[87]與聖維特發動大規模攻勢的期間，農場第三度收容美軍。一月底的時候，馬提亞斯已能起身行走。朱爾與菲力貝爾搬來一些家具與床，布置木屋，說好讓馬提亞斯藏身，隨他待到能活動無礙為止。曾目睹聖誕節前後那些事件的人，都被告知馬提亞斯死了。只有帕凱一家、菲力貝爾與吉娜特，知道德國人還活在森林裡。荷妮住在農場，她獲准探望馬提亞斯，陪他度過幾個小時。菲力貝爾會帶她過去再接她回來。

與這孩子共處的時刻，並不符合馬提亞斯原本設想的情景。荷妮在場，讓他陷入一種難以形容的心緒不寧。不過，他原先是盼望再度與她獨處；他依著那些曾與她在這木屋所共享的時間，想像過一些親密時刻，那是獨立於世的片刻恩典，它們如此完美，如此強烈，就像理想中的那樣。馬提亞斯現在發覺，他不可能再次經歷那些時光。要居於瘋狂與寒冬之中，面對那樣的緊急情況，帶著某種形式的無所憂慮，才使這段奇蹟般的插曲得以成立。現在，必須想著未來；想像一個帶著荷妮的未來，超乎了他能力所及。他懷疑自己是否有能力，給予荷妮她所期待的東西。他依然是個不適應社會生活的人，對現實深深失望，深信人的存在是一場徒勞，他自己的存在更是無用。

荷妮非常明確地察覺到兩人之間這種侷促不安：馬提亞斯盡可能避免肢體接觸，很少說話，當她盯著他看，他有時會撇過頭去。等她晚上離他而去，他便感到輕鬆，卻又驚覺自己竟焦躁不耐地等待她下一次造訪；而當荷妮在他身邊待了幾分鐘，他又想要看她離開這裡。

他是如此的不快樂，不快樂到想逃跑，想要像個小偷般離開木屋。早上，他準備要啟程離開；而到了晚上，他卻又總是在木屋裡，抽著菸，雙眼被煙霧淹滅。馬提亞斯不想與荷妮一起生活，但又還無法下定決心過著沒有她的生活。

那孩子十分理解是什麼在折磨著他。這些事變，她比他更早預見，也準備要去面對。她拉長會面的間距，然後決定再也不去見他。她知道，這是他想要的，而且也需要這樣做。對此，農場的大家雖然感到驚訝，但心底卻不意外。德國人不久就要逃走，而小女孩也要找回自己的家人。他們倆是一對不可能的組合；這不恰當，蓓特說。事情應該要恢復正常。

87 譯註：烏法利茲（Houffalize），位於比利時瓦隆大區盧森堡省（Province de Luxembourg）的城市。一九四五年一月初，同盟軍於此會合，截斷德軍退路。

木屋裡，朱爾與馬提亞斯面對面，坐在爐火前。農夫認為該是時候找回荷妮父母了。馬提亞斯沒有半點回應，僅以冷峻難解的眼神，穿視朱爾的目光。朱爾決定，戰爭結束之後，要去布魯塞爾進行調查。

這善良的農夫說得彷彿這些人是出發去泡溫泉一樣。他們還活著的可能性，卻是非常低。馬提亞斯小心忍住，不告訴他這件事；他完全不想去細述那些集中營的生存環境。所以，嗯，找回荷妮的父母……荷妮她已不期望找回什麼，這點馬提亞斯很清楚。她很久以前就已放棄希望。馬提亞斯突然想知道，若有奇蹟，人們跟她說她的父親、一個阿姨或是兄弟活著回來，她會怎樣反應。就跟任何孩子一樣，她大概會開心，不過也會感到震驚。或許會太震驚而無法感到開心……關於小孩的事，馬提亞斯的經驗過於不足，沒有半點線索可循。

朱爾禁止珍來探望馬提亞斯，然而她違抗他的禁令。夜晚降臨，她離開農場，然後在黎明時回到農場，偷溜進自己的被窩裡。馬提亞斯充分利用這樣的情勢。他為什麼要拒絕珍的魅力，拒絕她這樣自願獻身的做法，這種能讓他忘記一切的做法？她愛得癡狂，嗯，但等他離開了，她會回復正常。她不是那種會餓死或跳河的女生。此外，她總是帶來食物，而且還是最好的食物，是這時候最好的食物，如今食物櫃又開始自動填滿，而人們也逐漸找回對美食的品味。

時間過得太慢。馬提亞斯厭倦狩獵、生火，甚至連珍的身體以及她那不合時宜的愛情，都讓他厭煩；他悶得捶胸頓足。他需要空氣，清新的空氣，他想找回那刺骨的孤獨與北方的野性，想要迷失在浩瀚無際的嚴寒裡。他經常做著同一個夢，夢裡魯珀特河出現在他面前，在所有的河流之中，洶湧的魯珀特河是他的最愛，也差點取走他的性命。它是自然的邊界，在那之外，世界徹底改變，驟變成某種原始又非常古老的東西，一個不斷退離馬提亞斯的天地，也因為如此，始終吸引著他的注意。

不過，戰爭持續拖延。被同盟國軍隊與俄軍兩面圍攻，自己的軍隊傷亡慘重，自己的人民與國家都成廢墟，小鬍子還能指望什麼？即使是最頑強的狂熱信徒，也該開始覺得這場戰爭拖得有點久了。超級雅利安人的故事，只剩戈培爾與小鬍子那歇斯底里的妻子陪他說，在他們的地下堡壘，夜裡不睡還對彼此說著：一個孤獨的英雄，指揮著一個住滿其他超級雅利安人的世界，不論是肉體上還是心靈上，所有人都閃耀著相同的「金黃度」。不過，超級雅利安人並沒有從一個消失的神祕大陸出現，來將德國從災難中拯救出來。可是，他們都已經把一些民族整個獻祭給祂了……除非納粹製造的所有混亂，最終目標就是自我毀滅。小鬍子不就命令亞伯特・史佩爾[88]建造一些即便成為廢墟外觀也要美麗的紀念碑嗎？

88 譯註：亞伯特・史佩爾（Albert Speer，一九〇五—一九八一），德國建築師，曾任希特勒的首席建築師，其後亦擔任納粹德國時期的「帝國裝備與軍需部長」（Reichsminister für Bewaffnung und Munition）一職。

五月八日，德國終於投降。民間舞會的喧鬧，在農村四處響起，來自帕凱農場的歡呼與歌曲，聲響迴盪，全都乘風吹進馬提亞斯的耳裡。善良的人們，好好歡慶吧，安穩睡去吧！直到下一場戰爭為止。

荷妮有幾個星期都沒來了。馬提亞斯以為是帕凱家的人禁止她來，然而事情不是這樣。當朱爾告訴他，這是她自己做的決定，他感到非常困窘。一如往常，每當她感受到馬提亞斯的不安，她都清楚知道該做些什麼。她採取了必要的態度，那種馬提亞斯希望她採取卻又不敢承認的態度。

他聽見樹葉的沙沙聲，彈起身來。然而，那不過是菲力貝爾，他帶著滿籃的食物，一個人來到這裡。當他們在大擺宴席、大吃大喝，「德國鬼子」卻沒什麼好東西可塞進嘴裡，還一個人待在簡陋的屋子裡，好心的蓓特肯定覺得有些不好意思。馬提亞斯聽說，她故作冷淡地說道：「對每個人而言，戰爭都結束了。」她覺得有必要為自己對「敵人」釋出的慷慨姿態辯解。因為對她而言，馬提亞斯不只是敵人，還是永遠的敵人。她把菲力貝爾帶開，把籃子交付給他，還不忘叮嚀他，別在壞心大野狼那邊逗留太久。

菲力貝爾在半開的門上敲了兩下，馬提亞斯想大聲叫他自己把門閂卸下。小夥子進入小屋，一如往常，臉上露出一個尷尬的微笑。德國人令他欣賞欽佩，也讓他感到有些害怕。菲力貝爾手腳慌亂地將食物取了出來，面對他這個慌張模樣，馬提亞斯仍舊無法習慣。有煎餅、火腿、麵包和奶油，甚至還有一瓶紅酒。馬提亞斯開始吃了起來；最近這些日子，他真的是在節食。珍來看他的時候，都不再帶些好東西了。農場裡的人，似乎漸漸把他給忘了。

晚上，朱爾坐在桌邊，面對著馬提亞斯。一本小冊子攤在農夫面前，裡頭滿是他匆忙寫下的潦草筆記。朱爾欲言又止，他開了好幾次口，但又改變主意。最後，他說道：「小女孩已經沒有家人了。她的爸媽被押送……到奧……奧許……」

「奧許維茲。」馬提亞斯截斷他的話。

朱爾抬起頭，眼中滿是驚訝與恐懼，與德國人那冰冷的目光，形成強烈對比。朱爾嚥了口水，重新埋首於冊子裡。

「就是那個地方……」他繼續說道：「他們在一九四三年的一月出發，一起同行的……有十九個人，沒有人從那裡回來。」

朱爾再次看著馬提亞斯，在他那平淡鎮靜的臉上，找尋一些思緒的痕跡、一點情感的徵兆。朱爾的聲音微微顫抖，繼續說：

「她的爸媽是在一九三九年，從德國逃到這裡……」

馬提亞斯知道這一切，而朱爾所宣告的資訊證實了他一直以來的猜測。被押送的人們，他們的故事才要湧入世界，而這些故事將會十分類似，都有著深不可測的悲傷，最後卻會成為巨大的庸常。朱爾嘆口氣，蓋上冊子。

「全都記在這裡。」他邊說邊把冊子推向馬提亞斯：「布魯塞爾那邊問我可不可以再收留她一下。那裡有收容所，在收容像她一樣的小孩，不過現在都擠滿了人……」

「我不需要這冊子。」馬提亞斯打斷他的話。

朱爾嚴肅地看著德國人。

「無論如何，我還是留在你這。」

朱爾從口袋裡拿出一個信封。

「這是你的證件。」他邊說邊把信封放在桌上：「嗯，嗯……我要去餵牲畜了，時間差不多了……」

馬提亞斯簡單地隨聲附和。朱爾站起身，猶豫不決，走向門口，又轉身回來。

「珍去了列日的電影院……裡頭播報了時事[89]，播了……集中營的解放。」

啊，終於走到了這一步。這解釋了為什麼珍的屁股最近都坐在家裡。農夫問馬提亞斯，他知不知道在裡面的人是被怎樣對待。知道，他知道。他有參與嗎？算有參與，也沒有參與。馬提亞斯間接地送了不少人進集中營，但他不曾在裡頭工作過。

「好吧。」朱爾說。

的確，沒什麼其他事好說了。馬提亞斯對珍感到抱歉，她所發現的事情，衝擊力難以估量。全世界要耗上很長的時間，才能從這場惡夢中恢復正常。不過現在，該先力圖活下去。

朱爾在黑夜中離開。馬提亞斯拿了火鉗撥火。荷妮從此失去了她所有的家人。她會待在帕凱家，直到她被安置到猶太孤兒住的收容所。她會和數十個受創的孩子待在一起。所有人在一起，他們可能會唱著希伯來文歌，做著流蘇花邊，削著馬鈴薯的皮。很好，很好……馬提亞斯在火裡放了一塊木柴，點了一根菸。不，這樣不行，一點也行不通。他所想像的荷妮，不是這個模樣，更何況，這也不是她自己想要的。她會希望馬提亞斯帶著她走，把她帶大，就像是他的女兒一樣？他完全沒準備好要成為父親，也永遠不可能當個父親。

他坐回桌邊，打開信封，裡頭裝有假造的證件。他叫作馬提亞斯・格林巴赫，來自比利時的拉朗市。新的故事、新的過去，要去重新改造。這團雜亂的身分帶在他身上，像在度假時帶著一大團遠房堂表親戚，最終害他自己也被弄得暈頭轉向。

幾個月前，自從他從昏迷中醒來之後，他就搞混自己有的許多身世；他把現實與虛構的部分混在一起。然而，這樣的區辨，對於一個被謊言所統治的生命而言，有那麼丁點的重要嗎？戰前在柏林時的放蕩年歲，對於現在的他而言，比起所有設想出的經驗、扮演過一晚或幾個月的角色，並沒有更實在，或更「真實」。他起身，走向窗戶。自己的倒影讓他在心裡冷笑起來。他的頭髮長了；為了前幾個任務而染上的黑色，也幾乎要

89譯註：除了播放電影，當時的電影院亦會播放新聞，具有媒體功能。

褪盡。那紅棕帶銅的自然髮色，給馬提亞斯添上一分合唱團小男孩的氣息。當時的他若是今天這副模樣，那美國佬肯定就不會拆穿他，美國佬也可能就還活在世上。真是蠢。馬提亞斯吐出一口煙，他的影像變得模糊不清。

他走到桌邊，拿起冊子，朱爾在裡頭記了有關於荷妮的資訊。要不要打開冊子，他猶豫不定。這一切都與他再無關聯。荷妮有她自己的生活要過，而他也有自己的要活。馬提亞斯緊張地把冊子翻來轉去，把它放到火焰上，又改變主意，將它放回桌上。他最後還是打開了冊子，翻閱頁面。他眼睛停在一個字上：荷貝卡。這個名字，朱爾只有寫上一個C[90]。馬提亞斯闔上冊子。他決定，在一個星期內，就要動身離開。

這天，天色陰暗而涼爽，有層薄霧籠罩，讓事物的輪廓有些模糊。儘管植物繁茂，看起來卻像是個冬日。荷妮坐在桌邊，面對著馬提亞斯。他們吃著她帶來的蛋糕。菲力貝爾帶小女孩過來，兩個小時之後，他會來接她回去。馬提亞斯說要看她，而荷妮則穿上了新的紅色連身裙。他靜靜咀嚼，看似有些煩躁。

「你可以說『嗯，蛋糕好吃』。」孩子說。

馬提亞斯笑了。

「蛋糕好吃。」

荷妮變了，長大了。她的表情多了某種新的東西，馬提亞斯無法明確定義那是什麼。一種距離、一種自然大方，讓他說不出話，使他感到困惑。荷妮的頭髮現已長到後腰上方，那是一道從她頭後方的紅絲絨緞帶上，開散而出的黑色瀑布，波浪裡還帶著微微藍光。她身子挺得非常直，挺胸抬頭。她看著他吃，眼裡帶著淡淡的嘲諷。馬提亞斯原以為，再次見面時，她會情緒激動，心情會有些低落，目光中會帶著那樣的強度，那種全然的生命張力，朝著他看。他感到意外。

「你自己一個人，不會太悶嗎？」小女孩問。

「不會。」馬提亞斯回答。

荷妮知道他說謊，也知道他就要離開，不帶著她。他想見她，跟她說這件事。過去幾個星期，她等他做出決定。每一小時，每一分鐘，她只想著他。然後有天晚上，用餐時她突然意識到，自己的思緒一整天都沒被馬提亞斯佔據。她每個時刻都過得完滿、單純，就跟以前一樣。對於馬提亞斯的離開，荷妮已做好準備。然而，當她做出決定，不再去看他，又隱約感覺到自己仍持續編織著一條繩結，把他連在自己身上。這孩子有預感，缺席能讓情感重燃、加深思念。她看著馬提亞斯吃著蛋糕。他想念著她。

荷妮也覺得他變了。他的眼睛失去了一些光彩，嘴角掉了下來，讓他像個噘著嘴的

---

90 譯註：「荷貝卡」一般拼作「Rebecca」，此處朱爾寫做「Rebeca」，少了一個C。此名和第十四章中馬提亞斯列出的其他名字一樣源自《聖經》，即是《舊約・創世紀》中以撒的妻子，和合本經文譯為「利百加」。

生氣男孩。他變胖了，活動起來沒那麼靈活。他讓她想起一張在帕凱家看過的雜誌照片：那照片是在動物園拍的，有隻老虎無精打采地躺臥在一個勉強夠牠容身的籠子裡，牠抬著那一對美麗又倦怠的眼睛，對著攝影師看。荷妮離開自己的椅子，走近馬提亞斯，一手拍在他肩膀上。

「沒事的。」她說：「你什麼時候離開？」

他嗆到一塊蛋糕，咳了起來。她輕輕拍了拍他的背。他喝了一口水。荷妮決定讓他的任務容易一點。這些與他在一起的最後時刻，她不想被那他想說卻又說不出口的事給變得沉重。他沒看著她，回答道：

「再過兩、三天。」

荷妮與馬提亞斯走在小徑上。他們還有時間散步，菲力貝爾還要一個小時才會回來。荷妮走在馬提亞斯面前。她停下腳步，彎腰去摘一朵花。突然，馬提亞斯被拉回到過去，回到那個十二月的上午，在絮著雪花的沉默裡，爆炸聲在空中迴盪，烏鴉在呱呱叫響。他持槍瞄準荷妮。她背對著他。而當她轉過身，注視著他，馬提亞斯僵在那，無法扣下扳機。他的身體癱瘓了，但他的內心在晃蕩、滑移，被一陣令人暈眩的墜落感所攫獲，伴隨著一股劇烈的噁心，彷彿夢見自己在墜落，而在粉身碎骨前及時醒來的感受。等他回過神來，那孩子仍在看著他，她一雙黑亮如漆的眼睛，目光炙熱又莊重。他幾乎能確切感受到小女孩心臟抽送血液的節奏，血液在她的血管、肌肉裡波動，流灌她的紅唇，她唇間溢出一口氣息，隨即被冰冷的空氣具象顯形。她身上發散出某種無法言喻的東西，一種超凡奇特又難以抗拒的存在。她是生命，而她看著他，彷彿她指認出他，彷彿她在等他。

不是他選擇不對她開槍，而是她選擇了他。在那一刻，他完完全全屬於這個猶太小女孩——她身穿蟲蛀過的舊外套，腳踩破洞的低筒靴，她目光帶著野性，姿態像個女王。馬提亞斯沒有感受到半點同情，或是丁點善意。換作是其他小孩，他就會冷冷地扣下扳機開槍。這個舉動沒有解救了他，也沒有洗淨了他，卻讓他產生了不可逆的變化。

終章

阿卡迪亞號已朝哈利法克斯[91]航行了一個星期。天色灰暗，大海波濤洶湧。大副大衛・瓊斯在後甲板上抽菸；他是一個年約五十的威爾斯人，為人粗獷、開朗。有時，他有辦法和那個比利時人聊上幾句。那比利時人是商船上罕見的乘客。大西洋彼岸的美國與加拿大，還沒對移民重開大門。比利時人究竟是如何成功說服船長帶他上船？真是個謎……這傢伙要回去詹姆斯灣那遙遠又寒冷的地方。他說，在戰爭之前，他曾是那裡的獸皮獵人。這件事聽來倒也不算怪。畢竟他不只法文說得好，連英文也說得流利。真是個奇怪的傢伙。他看起來總與你隔著幾光年的距離，但同時又彷彿待在你腦袋裡，比你自己還要了解那顆腦袋在盤算些什麼。

這天早上，比利時人的心情不好。要是你的存在惹惱了他，他那過於清澈的目光只要往你身上一盯，你就會全身起雞皮疙瘩，逃到船的另外一頭去。大衛沒走得太遠，站在連通甲板的大門附近，觀察著比利時人：他靠在欄杆上，也正抽著菸。大門打開，發出嘎吱的聲響。男子轉過身，面容亮了起來。雖然大副正好站在門扇外側，看不到是誰開門出來，但是他願意賭上二十英鎊，站在門扇裡的就是那個小女孩。只有她，才能讓比利時人露出那樣的微笑。大門一關上，大衛果然就看到一個瘦弱的背影，昂然立在那裡，任憑大風吹攪那濃密烏黑的頭髮。比利時人不是她的父親。儘管他自己這麼說，文件也這樣證明，但這並不是事實。對於這點，大副非常確定。整組船員都與他們保持距離，只有大衛和船長一樣，喜歡有他們作伴；當然，這也要他們受得了他這樣作伴時才行。他們兩人是什麼關係，大副毫無頭緒。他們雖然長得不像，但卻又有相似的地方——身上都有一種動物的頻率、野性的生氣，這樣的人很少見。有天，大衛問比利時人，他和小女孩是怎麼活過這場戰爭的，比利時人用英文回道：「**有差嗎？今天，我們還活著。**」

91　譯註：哈利法克斯（Halifax），加拿大北部最大的深水天然港口。

國家圖書館出版品預行編目（CIP）資料

今天，我們還活著 / 艾瑪紐埃.皮侯特(Emmanuelle Pirotte)著 ;
胡萬鑑譯. -- 初版. -- 臺北市 : 大塊文化, 2017.05
216 面 ; 14*20 公分. -- (to ; 96)
譯自 : Today we live
ISBN 978-986-213-789-5(平裝)

881.757 106003894

LOCUS

LOCUS

LOCUS

LOCUS